L'ARME DE NULLE PART

AVENTURES GALACTIQUES

Albin poche

Aventures galactiques

Agent de l'Empire terrien

A paraître

La Caverne du ciel
Les Mondes interdits

EDMOND HAMILTON

L'ARME DE NULLE PART

TRADUCTION DE RICHARD CHOMET

ALBIN MICHEL

Édition originale :

THE WEAPON FROM BEYOND

Traduction française :

ISBN : 2-226-03039-5

I

Les étoiles l'observaient et il sembla qu'elles murmuraient : « *Meurs, Loup des étoiles. Ta course s'achève ici.* » Il gisait en travers du siège de pilotage, un voile noir lui embrumait l'esprit tandis que sa blessure au flanc l'élançait et le brûlait. Il n'était cependant pas inconscient et comprit que son petit vaisseau venait d'émerger de l'hyperespace, qu'il y avait des choses qu'il devait faire. Mais cela ne servait à rien, absolument à rien...

« *Lâche la rampe, Loup des étoiles. Laisse-toi mourir.* »

Dans un recoin de son cerveau, Morgan Chane se rendait bien compte que ce n'étaient pas les étoiles qui s'adressaient à lui. C'était plutôt une partie de lui-même qui voulait encore vivre et qui l'aiguillonnait, l'exhortant à reprendre la lutte. Pourtant, combien il était tentant de se laisser aller; tout serait tellement plus facile. Mais il savait trop combien sa mort réjouirait ses chers amis et compatriotes. L'esprit à la dérive de Chane se raccrocha à cette idée. Finalement, cela suscita en lui une sourde colère et une résolution nouvelle. Il n'avait pas l'intention de leur faire ce plaisir. Il vivrait, et un de ces jours rendrait la monnaie de leur pièce à ceux qui alors le pourchassaient.

Cette détermination sauvage sembla quelque peu dissiper l'obscurité qui s'était emparée de son cerveau. Il ouvrit les yeux et lentement, péniblement, se redressa sur son siège. L'effort réveilla brutalement la douleur sourde de sa blessure et durant quelques instants il dut lutter contre l'évanouissement. Puis, d'une main incertaine, Chane appuya sur l'une des touches du tableau de bord. Il devait en priorité faire le point car il ignorait où sa dernière manœuvre hâtive l'avait entraîné lors de sa fuite.

Comme de petits yeux rouges, des chiffres apparurent sur l'écran au fur et à mesure que l'ordinateur du bord répondait à ses questions. Il lisait les chiffres mais son cerveau était encore trop choqué pour les assimiler rationnellement. Hochant la tête comme un homme ivre, il contempla l'écran d'observation.

Une masse d'étoiles flamboyantes tapissait le ciel. Des soleils entassés, d'un rouge fuligineux, d'un blanc éblouissant, d'un vert pâle, d'un or incandescent, d'un bleu paon, le contemplaient. De grandes coulées de ténèbres déchiraient la masse des étoiles, rivières de poussières cosmiques au sein desquelles vacillaient les feux follets des soleils engloutis. Il se trouvait juste à la périphérie d'un amas stellaire et soudain, l'esprit désemparé de Chane se souvint que dans une dernière manœuvre désespérée, lorsqu'il était passé en survitesse avant de s'évanouir, il avait indiqué au pilote automatique les coordonnées de l'Amas de Corvus.

Noirceur, néant, éternel et solennel silence du vide où les soleils de l'amas déversaient leur flot de radiations sur la minuscule aiguille qu'était son vaisseau. Sa mémoire lui revint d'un coup et il sut pourquoi il s'était enfui par ici.

Au cœur de cette ruche d'étoiles, il y avait un monde qu'il connaissait, où il pourrait se terrer car il avait grand besoin d'un abri. En effet, il n'avait pas de lampe à cicatriser, sa blessure mettrait longtemps à guérir naturellement et il pensait trouver refuge sur cette planète si jamais il parvenait à l'atteindre.

D'une main peu sûre, Chane vira de bord et le petit vaisseau fonça vers la frange de l'amas, à l'allure de pointe de ses réacteurs. L'obscurité envahit de nouveau son cerveau : « *Il ne faut pas que je m'endorme* », pensa-t-il, « *car demain nous lançons une razzia sur les Hyades.* »

Mais cela ne pouvait être puisque le raid sur les Hyades avait eu lieu des mois auparavant. Que se passait-il donc avec sa mémoire? Dans son esprit, les souvenirs semblaient se télescoper en un fatras incohérent.

Surgissant de Varna, franchissant les Brumes du Sagittaire, traversant en diagonale la Nébuleuse de la Chouette, la petite escadre de course s'abattit en un raid surprise sur une petite planète prospère dont les habitants chétifs et grassouillets piaillèrent et s'affolèrent lorsque Chane et ses camarades débarquèrent pour piller les richesses de leurs cités.

Mais tout cela avait eu lieu il y a bien longtemps déjà. Leur dernier raid, celui où il avait reçu cette blessure au flanc, avait eu pour but Shandor V.

Il se souvenait du moment où, sur leur trajectoire d'attaque, ils avaient été repérés par une escadre lourde qui les avait pris en chasse et comment ils avaient réussi à lui échapper en passant à pleine vitesse au travers d'un système planétaire, à pleine poussée des unités de propulsion en espace euclidien. Il entendait encore Ssander rire et proclamer : « Ils ne prendront jamais les risques que nous, Varnans, prenons et c'est pourquoi jamais ils ne nous rattraperont. » *Mais Ssander est mort, et je l'ai tué, et c'est la raison pour laquelle je fuis pour sauver ma peau.*

Il y eut comme une brusque lueur dans le cerveau de Chane : il se souvint alors de la querelle à propos du butin amassé sur Shandor V, de la colère de Ssander qui avait voulu l'abattre, et de sa mort... Il l'avait tué de sa main.

Puis, blessé, il s'était enfui devant les vengeurs de Ssander...

Le voile noir qui obscurcissait sa mémoire était maintenant dissipé et il se retrouvait là, dans son petit vaisseau, toujours en fuite, filant vers l'Amas de Corvus. De ses yeux noirs égarés, il fixait les étoiles, la sueur coulant sur son visage sombre.

Il songea qu'il vaudrait mieux ne plus s'évanouir chroniquement, faute de quoi il n'aurait plus longtemps à vivre. Les chasseurs le suivaient de près et, dans toute la galaxie, il ne se trouverait personne pour secourir un Loup des étoiles, même blessé...

Chane voulait tenter d'aborder l'amas à l'endroit où l'une des sombres coulées de poussières partageait en deux la nébuleuse. Déjà, il passait au large des premiers soleils-sentinelles...

Bientôt, il entendrait le crépitement puis le murmure feutré des débris cosmiques frappant la coque. Il tentait de se maintenir dans la zone de plus faible densité du courant stellaire, là où les particules rencontrées n'excédaient guère la taille d'un atome. A la vitesse qui était la sienne, la rencontre de particules plus importantes se traduirait inévitablement par une perforation de la coque du vaisseau.

Chane revêtit son scaphandre et verrouilla son casque. Cela lui demanda un interminable effort et la douleur fut telle qu'il dut serrer les dents pour s'empêcher de gémir. Il lui sembla que sa blessure le faisait davantage souffrir mais il n'avait pas le loisir d'y regarder de près; le pansement cicatrisant qu'il avait réussi à s'appliquer devrait suffire pour le moment.

Le petit vaisseau remontait le cours d'un fleuve de ténèbres encaissé entre deux rives d'étoiles tandis que le torse de Chane s'affaissait de plus en plus souvent sur le tableau de bord. Cependant, il parvenait à garder le cap. Cette poussière cosmique entraînerait peut-être sa mort mais elle pouvait aussi lui sauver la vie car ceux qui le traquaient ne pouvaient guère relever sa piste au sein de ce brouillard.

Sur l'écran d'observation, les images déformées se brouillaient. Cet écran ressemblait à une baie, mais, en fait, il s'agissait d'un appareillage complexe fonctionnant grâce à des faisceaux sondeurs beaucoup plus rapides que la lumière mais dont la portée était considérablement réduite au sein de ce flot de poussières. Chane devait consacrer toute son attention à la masse sombre qui lui faisait face et cela lui était pénible, du fait des élancements de sa blessure au flanc et de la menace constante d'une perte de connaissance.

Les étoiles vacillaient, indistinctes dans la brume

cosmique, brûlant comme des torches voilées, soleils jaunes ou écarlates que le vaisseau dépassait lentement. Point plus sombre, puis noirceur obsédante au zénith, un soleil mort apparut au loin, puis grossit pour devenir le repère stellaire vers lequel il faisait route avec une lenteur surnaturelle.

Le fleuve de ténèbres serpentait parmi les étoiles et Chane dut changer de cap. Les heures s'écoulaient et il se trouvait maintenant loin dans l'amas stellaire. Mais il restait encore bien du chemin à faire.

Chane rêva... se souvenant des jours heureux, des matins joyeux à jamais révolus avec l'envol des vaisseaux de Varna que toute la galaxie redoutait tant, leur soudaine émergence hors de l'hyper-espace et les raids sur les cités des mondes abasourdis qui ne savaient que lancer à tous les échos ce cri d'alarme : « *Les Loups des étoiles attaquent.* »

Il évoquait son rire joyeux et celui de ses compagnons lorsqu'ils se lançaient à l'assaut, se moquant de la lenteur et de la lourdeur de ceux qui tentaient de résister. Leur mot d'ordre : foncer, piller et abattre ceux qui s'avisaient de leur barrer la route, foncer encore, vite, plus vite, vers les vaisseaux et finalement rentrer sur Varna chargés de butin et couverts de blessures, heureux et fiers.

C'était le bon temps... Se pouvait-il que pour lui tout cela fût réellement à jamais terminé?

Chane ruminait sa rancœur et de noires pensées alimentaient sa soudaine révolte. Ses compagnons s'étaient retournés contre lui, avaient essayé de le tuer, le chassaient à présent. Mais quoi qu'ils puissent en dire, il était l'un d'eux, aussi fort, aussi rapide, aussi rusé que n'importe lequel des Loups... D'ailleurs, un temps viendrait où il le leur ferait bien sentir. Mais, pour le moment, il devait se terrer, rester caché jusqu'à ce que se referme sa blessure et bientôt il atteindrait le refuge où cela serait possible.

De nouveau le fleuve de ténèbres formait un coude et le flot de poussières cosmiques s'enfonçait plus profondément encore au cœur de l'amas stellaire. De nouveau, les feux follets des étoiles perdues défilèrent devant lui et le murmure de la poussière contre la coque alla croissant.

Loin devant, l'œil embrumé et sanglant d'un soleil orange contemplait l'avance de son vaisseau. Bientôt, Chane put distinguer un monde qui tournait, solitaire, autour d'une étoile isolée et mourante et s'assura qu'il s'agissait bien de la planète où il devait trouver refuge.

Il y parvint presque.

II

Sa chance se mit à l'abandonner lorsque l'écho d'un vaisseau naviguant en espace normal apparut sur l'écran du radar. L'astronef croisait en dehors du fleuve de poussières, au long des rives étoilées. Même dans cette brume cosmique, les détecteurs de l'arrivant repéreraient sans nul doute le vaisseau de Chane.

Il n'y avait pas d'alternative. Si ce vaisseau appartenait à l'un de ses poursuivants, ils le détruiraient. S'il s'avérait qu'il ne venait pas de Varna, dès que ses occupants l'auraient identifié, il serait immédiatement assimilé à un ennemi. En effet, au premier coup d'œil, ils seraient en mesure de le cataloguer puisqu'il n'existait pas un monde, dans toute la galaxie, à posséder des vaisseaux semblables à ceux de Varna, la planète haïe...

Il devait donc se dissimuler à tout prix et n'avait pas le choix; il lui fallait s'enfoncer encore plus au sein du flot de poussière cosmique. Changeant de cap, il dirigea son vaisseau en plein cœur du courant de ténèbres, et le murmure et le crépitement des particules sur la coque se firent plus forts encore. Les micrométéorites extérieures brouillaient si totalement ses appareils de repérage qu'il perdit rapidement la trace du vaisseau naviguant hors du flux de cendres stellaires. Mais, d'un autre côté, les occupants de ce dernier perdraient tout pareillement la sienne.

Chane coupa ses moteurs et, n'ayant rien d'autre à faire, attendit immobile et figé sur son siège.

Il n'eut pas longtemps à attendre.

Lorsque cela survint, il n'y eut guère qu'un léger frémissement du vaisseau qu'il ressentit à peine, mais d'un seul coup tous ses instruments de bord s'éteignirent.

Chane se retourna. D'un seul regard, il comprit. Une parcelle de matière à la dérive, un débris pas plus gros qu'une bille venait de perforer la paroi du vaisseau et de détruire tout à la fois le convertisseur et l'unité de propulsion. Il voguait à bord d'un vaisseau mort et tout ce qu'il pourrait bien tenter n'y changerait rien. Il n'était même pas en mesure de lancer un message de détresse.

Il contemplait l'écran maintenant muet et opaque et bien qu'il ne pût plus dorénavant observer les étoiles qui l'entouraient, il lui sembla entendre leur murmure moqueur disant : « *Laisse tomber, Loup des étoiles.* »

Chane se tassa sur lui-même. Peut-être était-ce aussi bien ainsi. Quel aurait été l'avenir d'un homme entouré d'impitoyables ennemis et perdu dans une galaxie hostile ?

Effondré sur son siège, l'esprit hébété, il songeait à l'étrangeté de sa fin. Il avait toujours pensé que la mort lui viendrait dans le soudain flamboiement d'une bataille, lors d'un de ces raids-éclairs sur les mondes lointains. C'était ainsi que la plupart des Loups des étoiles finissaient leur carrière, s'ils s'acharnaient à partir trop souvent en razzias.

Il n'avait jamais songé qu'il crèverait ainsi, à petit feu, bêtement, sans panache, assis dans une nef morte, attendant que son oxygène s'épuise, attendant, attendant...

Une réaction de révolte naquit lentement dans l'esprit épuisé de Chane. Il devait y avoir un dernier effort à tenter, aussi vain fût-il, pour éviter une agonie comme celle qui l'attendait.

Il essaya de réfléchir posément. La seule source possible de secours tenait en la présence toute proche du vaisseau naviguant là, hors de la rivière de poussières. S'il parvenait à le contacter et que ses occupants lui viennent en aide, il y aurait deux possibilités : où il s'agirait de Varnans lancés à sa poursuite et inexorablement ils le tueraient, ou bien alors Chane se trouverait face à des étrangers et, dès qu'ils verraient son vaisseau de Loup des étoiles, automatiquement, ils deviendraient ses ennemis mortels...

Mais que se passerait-il si son vaisseau disparaissait ?

Dans ce cas, ils pourraient alors le prendre pour un Terrien, ce que d'ailleurs il était par descendance directe, bien que n'ayant jamais vu la Terre.

Chane considéra pensivement l'unité de propulsion hors d'usage et son convertisseur. Tous deux étaient techniquement « morts » mais la chambre de combustion qui fournissait l'énergie au convertisseur était intacte. Il eut l'impression d'avoir trouvé un biais...

Pourtant, il n'appréciait guère d'avoir à exposer ainsi sa vie sur un coup de poker mais cela valait encore mieux que de rester assis à se laisser mourir. De plus, il n'ignorait pas qu'il lui fallait jouer rapidement son va-tout, faute de quoi il ne lui resterait absolument plus rien à tenter.

Il s'efforça donc, lentement et maladroitement, de démonter quelques-uns des instruments du tableau de bord. Cétait une besogne délicate avec ses mains gantées mais il lui fut encore plus difficile de parvenir à réassembler certaines des pièces démontées nécessaires à la fabrication du mécanisme dont il avait besoin. Lorsqu'il eut terminé, il avait entre les mains un dispositif à retardement miniaturisé qu'il espérait voir fonctionner.

Il retourna alors à la chambre de combustion et entreprit d'y fixer son système de mise à feu. Il devait agir vite et sa tâche nécessitait des flexions et des contorsions en espace restreint, aussi la blessure à son flanc le déchirait-elle de ses serres de vautour. Des larmes de douleur brouillèrent sa vision.

Pleure donc, se dit-il. *Tu sais combien ils seraient heureux de savoir que tu es crevé en pleurant.*

Le brouillard se déchira et il obligea ses doigts sans

force à poursuivre leur travail en oubliant la douleur qui le tenaillait. Lorsqu'il eut terminé, il ouvrit le sas et se saisit de quatre tubes à réaction dans le râtelier du placard aux scaphandres, puis revint vers la chambre de combustion et enclencha la mise en route de son détonateur de fortune.

Chane jaillit alors du vaisseau comme s'il avait le diable aux trousses, deux tubes dans chaque main le propulsant vers les étoiles. Il s'éloigna à pleine poussée du petit vaisseau, les astres tournoyant en une ronde folle tout autour de lui. Il s'était mis en vrille mais n'avait pas le temps de se stabiliser. Il n'y avait plus qu'une chose qui comptait : s'éloigner au plus vite de la nef à la dérive avant que le mécanisme à retardement ne court-circuite la chambre de combustion, faisant ainsi tout sauter. Il comptait les secondes dans sa tête pendant que les soleils de l'amas continuaient leur sarabande tout autour de lui.

Les étoiles pâlirent un instant lorsqu'une aveuglante nova parut s'épanouir devant ses yeux puis, celle-ci s'éteignant, soudain ce fut le noir. Cependant, il était vivant, étant parvenu à prendre suffisamment de champ avant la destruction de sa fusée.

Il stoppa ses propulseurs et se laissa aller à la dérive. Les hommes du vaisseau croisant hors du fleuve de poussières devaient avoir repéré la lueur de l'explosion. Il y avait une chance sur deux pour qu'ils viennent voir ce qui s'était passé, tout comme il y avait une chance sur deux pour qu'il s'agisse des Varnans qui en voulaient à sa vie.

Il flottait seul dans l'infini avec pour seule compagnie les étoiles l'entourant de toute part.

Il se demanda si jamais quelqu'un s'était un jour trouvé aussi solitaire que lui aujourd'hui. Ses parents étaient morts depuis des années, tués par l'accablante pesanteur qui régnait sur Varna. Ses amis d'enfance s'étaient transformés en chasseurs attachés à sa perte. Il s'était toujours considéré comme Varnan, mais maintenant il comprenait à quel point il s'était trompé...

Plus de famille, plus d'amis, plus de patrie, plus de

planète... et même plus un vaisseau. Juste un scaphandre et quelques heures d'oxygène dans un univers hostile...

Mais il était toujours un Loup des étoiles et, s'il devait mourir, il mourrait comme seuls ceux-ci savaient le faire.

En toile de fond, la danse grandiose et éblouissante des amas stellaires se déroulait sous ses yeux au fil de ses girations. Stopper son tournoiement exigerait beaucoup d'énergie de ses propulseurs, énergie dont il aurait besoin à l'avenir. D'ailleurs, cela lui permettait de scruter tout le champ d'étoiles environnantes.

Mais rien nulle part, absolument rien...

Le temps passa. Les soleils majestueux qui brillaient depuis toujours n'étaient nullement pressés de voir mourir l'homme à la dérive.

A ce qui lui sembla être sa dix millionième rotation ses yeux surprirent quelque chose dans le ciel : une étoile qui clignotait...

Il regarda de nouveau, mais l'étoile brillait maintenant régulièrement et sereinement. Ses yeux le trahissaient-ils? Chane le pensa mais il décida de jouer le tout pour le tout. Il ralluma ses pistolets à réaction, s'orientant vers l'étoile en question.

En quelques minutes il sut que ses yeux ne l'avaient pas trompé car, soudain, une autre étoile clignota un instant, à la suite d'une brève occultation. Il eut beau scruter le ciel, il lui fut impossible de repérer quoi que ce soit, car le voile noir de l'inconscience s'abattait de nouveau sur lui. Sa blessure au flanc, maltraitée par ses efforts, venait de se rouvrir et il sentit que la vie le fuyait par là.

Puis sa vision s'éclaircit un instant, et il aperçut une tache noire se dessinant sur champ d'étoiles, une tache qui grossit jusqu'à prendre les contours d'un astronef. Ce n'était pas un vaisseau varnan : les vaisseaux de Varna étaient petits et allongés, en forme d'aiguille. La nef qui approchait avait la silhouette d'un croiseur de classe XVI ou XX, avec la bizarre passerelle semicirculaire en surplomb caractéristique des nefs de la vieille Terre. Le croiseur venait sur lui, à très faible allure.

Chane essaya d'imaginer l'histoire qu'il devrait raconter pour éviter que les arrivants ne suspectent la vérité. Le voile noir obscurcissait son esprit mais il lutta pour rester lucide, utilisant ses propulseurs pour signaler sa présence, les allumant et les éteignant alternativement...

Il ne sut jamais combien de temps plus tard il trouva le vaisseau voguant à ses côtés, son sas s'ouvrant comme une gueule noire. Au prix d'un dernier effort, il parvint à s'y glisser maladroitement et là, cessant de lutter, il perdit conscience.

Lorsqu'il s'éveilla, il se sentit remarquablement bien. Il en découvrit vite la cause en se voyant allongé sur une couchette avec une lampe à cicatriser irradiant son flanc blessé. Déjà sa blessure paraissait séchée et à moitié refermée.

Des yeux, Chane fit le tour de la pièce. La cabine était petite, une lampe brillait dans le plafond de métal, et il perçut le bourdonnement et les vibrations d'un vaisseau en vol normal, puis il vit qu'un homme était assis sur le bord de la couchette opposée à la sienne, l'observant.

L'homme se leva et se pencha sur lui. Il était plus vieux que Chane, nettement plus vieux, et il donnait l'impression par ses mains, son visage, sa silhouette, d'avoir été grossièrement sculpté dans le roc par un artiste maladroit qui n'aurait pas terminé son ouvrage. Ses cheveux coupés court grisonnaient, il avait un long visage chevalin et ses yeux sans couleur précise dévisageaient Chane.

– C'était plutôt tangent, lui dit-il.

– Plutôt, répondit Chane.

– Pouvez-vous m'expliquer ce que diable pouvait bien trafiquer un Terrien blessé à la dérive dans l'Amas de Corvus? demanda l'autre qui ajouta, comme après réflexion : Je suis John Dilullo.

Le regard de Chane se fixa sur le paralyseur accroché au ceinturon que le Terrien portait sur sa combinaison : « Vous êtes des Mercenaires, n'est-ce pas? »

Dilullo acquiesça : « Oui. Mais vous n'avez pas répondu à ma question. »

Dans le cerveau de Chane, les idées se bousculaient. Il se devait d'être très prudent dans ses paroles car les Mercenaires avaient la réputation d'être des types coriaces dans toute la galaxie. Une grande majorité d'entre eux étaient des Terriens et il y avait une raison à cela.

La Terre, dans un passé lointain, avait certes mis au point le moteur interstellaire qui avait ouvert la galaxie aux hommes. Mais malgré cela, la Terre était une planète pauvre. Sa pauvreté découlait autant de l'inhabitabilité et des conditions férocement hostiles à la vie des autres mondes de son système, que de leur carence en richesses minérales disponibles.

Comparée aux grands systèmes solaires avec leurs multiples et riches planètes habitables, la Terre n'était qu'un monde dans le dénuement.

Aussi les hommes constituaient-ils le principal article d'exportation de la Terre : cosmonautes chevronnés, techniciens, soldats qui essaimaient dans toute la galaxie en un flot continu. De tous ces émigrants, les mercenaires terriens étaient parmi les plus « durs ».

– Mon nom est Morgan Chane, annonça-t-il, et je suis mineur de l'espace, opérant à partir d'Alto II. J'ai dû m'enfoncer trop profondément dans cette fichue coulée de poussières car mon vaisseau a été perforé par une météorite dont un fragment m'a blessé au flanc, les autres saccageant l'unité de propulsion. J'ai vu alors que ma chambre de combustion allait sauter et j'ai juste eu le temps d'enfiler mon scaphandre et de filer de là en vitesse. Il ajouta : Je n'ai pas besoin de vous dire à quel point je suis heureux que vous ayez vu la lueur de l'explosion et que vous soyiez venus...

Dilullo opina de la tête. « Bien. Je n'ai plus maintenant qu'une seule question à vous poser... » Il se détournait tout en parlant, puis soudain pivota sur lui-même, sa main saisissant l'arme pendue à sa ceinture.

Chane jaillit de sa couchette comme une flèche. Son bond de tigre lui fit franchir l'espace séparant les deux hommes en un éclair, et de sa main gauche, il arracha l'arme qui le menaçait tandis que son poing droit s'écrasait sur le visage de Dilullo. Ce dernier alla s'étaler sur le plancher. Chane le coucha alors en joue : « Voyez-vous une seule bonne raison pour que je ne vous rende pas la politesse? »

Dilullo passa sa main sur ses lèvres ensanglantées, leva son visage et répliqua : « Je ne vois aucune raison particulière, sinon le fait que cette arme n'est pas chargée... »

Chane eut un sourire féroce puis, alors que son doigt se crispait sur la détente, son sourire se figea : il n'y avait effectivement pas de chargeur dans le paralyseur.

– C'était un test, expliqua Dilullo se remettant péniblement sur pieds. Lorsque vous étiez inconscient et que je vous avais mis sous la lampe à cicatriser, j'ai palpé votre musculature. J'avais entendu dire qu'il y avait actuellement un raid de Varnans dans ce coin de l'amas. J'ai vu que vous n'étiez pas l'un d'eux... Vous auriez pu évidemment raser votre pelage, mais la forme de votre tête vous aurait quand même trahi. Cependant, vous avez les muscles d'un Loup des étoiles.

« Alors, poursuivit Dilullo, je me suis souvenu des rumeurs qui circulaient sur les mondes de la frange galactique, concernant un Terrien qui courait l'espace avec les Varnans et que ceux-ci considéraient comme l'un des leurs. Je n'y avais pas cru jusque-là, personne d'ailleurs n'y croyait, car les Varnans, originaires d'une planète à forte gravité, ont une force et une telle rapidité de réflexes qu'aucun Terrien ne peut espérer rivaliser avec eux. Mais vous, vous le pouvez, et vous venez juste de me le démontrer. Vous êtes un Loup des étoiles.

Chane ne répondit rien. Ses yeux regardaient au-delà de son interlocuteur, en direction de la porte fermée.

– Faites-moi l'honneur de croire, reprit Dilullo, que je ne serais jamais venu ici sans m'assurer qu'il vous serait impossible de réussir ce que vous envisagez.

Chane, plongeant son regard dans les yeux décolorés de son interlocuteur, en parut convaincu.

– D'accord, dit-il. Et après?

– Je suis curieux, continua Dilullo, s'asseyant sur l'une des couchettes. Tout m'intrigue et particulièrement vous.

Il attendit.

Chane laissa tomber l'arme inutile et s'assit à son tour. Il restait pensif et Dilullo suggéra, paisiblement : « Dites-moi juste la vérité ».

– Je croyais connaître la vérité jusqu'à maintenant, répondit Chane. Je croyais être un Varnan. J'étais né sur Varna, mes parents étaient des missionnaires terriens venus porter la bonne parole à ces mécréants de Varnans. Mais l'écrasante pesanteur régnant sur la planète eut vite fait de les tuer, tout comme d'ailleurs elle faillit m'avoir. Cependant je survécus, grandis avec les Varnans et finis par me considérer comme un des leurs.

Sa voix trahissait l'amertume de ses sentiments. Dilullo, l'observant attentivement, ne disait rien.

– C'est alors que les Varnans décidèrent d'un raid sur Shandor V, raid dont j'étais. Ce jour-là, il y eut une querelle à propos du butin et lorsque j'ai frappé Ssander il a essayé de me tuer. Mais c'est moi qui l'ai abattu. Aussitôt, les autres ont pris son parti et j'ai eu toutes les peines du monde à sauver ma peau.

Il ajouta quelques instants plus tard : « Maintenant je ne veux plus retourner sur Varna. « Sale bâtard de Terrien », c'est ainsi que m'a appelé Ssander. Moi qui, le sang mis à part, étais tout aussi Varnan que lui-même, je ne puis plus retourner là bas. »

Chane restait assis, silencieux et morose.

Dilullo remarqua : « Vous avez pillé, volé, et sans nul doute tué aussi, en compagnie de votre bande de ruffians. Mais avez-vous le moindre remords de tout cela? Fichtre non. La seule chose qui vous chagrine c'est qu'ils vous aient chassé du clan. Par Dieu, vous êtes bien un vrai Loup des étoiles. »

Chane ne réagit pas. Au bout d'un moment, Dilullo continua : « Mes hommes et moi sommes venus dans l'Amas de Corvus chargés d'une mission bien précise, d'un travail d'ailleurs plutôt périlleux. »

– Et alors?

Les yeux de Dilullo le jaugèrent. « Comme vous venez de me le dire, sauf par le sang, vous êtes un vrai Varnan. Vous connaissez toutes les ruses des Loups des étoiles et c'est là tout un programme. Le cas échéant, j'aurais une place pour vous dans l'affaire en cours. »

Chane sourit : « L'offre est flatteuse mais... non. »

– Vous feriez mieux d'y réfléchir à deux fois, insista Dilullo, et de songer à ceci : mes hommes vous tueraient sur-le-champ si je leur annonçais que vous êtes un Loup des étoiles.

Chane reprit : « Si je comprends bien, en cas de refus de ma part, vous leur direz ce qu'il en est. »

Ce fut au tour de Dilullo de sourire : « Il n'y a pas que les Varnans qui puissent être impitoyables. » Et il ajouta : « De toute façon, vous n'avez nulle part où aller, n'est-ce pas? »

– Non, reconnut Chane dont le visage s'assombrit. Non.

Au bout d'un moment, il demanda : « Qu'est-ce qui vous fait croire que vous pourrez avoir confiance en moi? »

Dilullo se leva : « Faire confiance à un Loup des étoiles? Me prenez-vous pour un fou? Je ne crois qu'une chose : vous mourrez si j'annonce la couleur en ce qui vous concerne. »

Chane le dévisagea : « Et en supposant que quelque chose vous arrive vous empêchant de parler? »

– Cela, annonça Dilullo, serait extrêmement fâcheux... pour vous. J'ai pris mes précautions pour qu'en ce cas votre petit secret soit automatiquement connu de tous...

Il y eut un silence puis Chane demanda :

– Quel est ce boulot?

– C'est une affaire hasardeuse, répondit Dilullo, et plus de gens en seront au courant avant l'heure voulue, plus ce sera dangereux. Contentez-vous pour le moment de savoir que vous allez risquer votre peau avec de bonnes chances de la perdre.

– Ce n'est pas ça qui vous chagrinerait beaucoup, n'est-ce pas? dit Chane.

Dilullo haussa les épaules : « Je vais vous dire ce qu'il en est, Chane. Lorsqu'un Loup des étoiles se fait descendre, on déclare une journée nationale de réjouissances sur tous les mondes civilisés. »

Chane sourit : « Je vois au moins que nous nous comprenons bien. »

III

Le ciel nocturne ruisselait d'argent. Le monde nommé Kharal se trouvait au cœur de l'amas et le système auquel il appartenait était proche de la Nébuleuse de Corvus. La nuée de cendres cosmiques s'étalait au travers des cieux en une gigantesque flaque phosphorescente cerclée de la gloire éblouissante des amas stellaires périphériques, de telle sorte que des zones à la luminosité feutrée et de vastes étendues d'ombre se partageaient chaque nuit le ciel.

Chane se tenait dans l'ombre du vaisseau et, au-delà du calme et modeste astroport, observait les lumières de la ville voisine, lueurs rougeoyantes suspendues aux flancs de l'imposante pyramide qui se détachait sur le fond du ciel. Une brise chargée d'odeurs épicées au relent acide le caressait, lui apportant les bruits et les échos de la cité.

Des heures auparavant, Dilullo et un autre Mercenaire, ayant pris place à bord d'un véhicule kharalien, avaient été discrètement conduits en ville à la tombée de la nuit.

– Vous resterez ici, leur avait ordonné Dilullo. J'emmène seulement Bollard avec moi, car nous allons parler avec ceux qui désirent nous engager.

Chane, évoquant ces paroles, eut un sourire. Les autres Mercenaires étaient dans le vaisseau, en train de jouer... Qu'est-ce donc qui pourrait l'obliger à demeurer ici?

Sous un ciel doucement embrasé, Chane se mit en route vers l'agglomération proche. L'astroport était sombre et tranquille. Il n'y avait là que deux gros cargos interstellaires ventrus et quelques croiseurs planétaires kharaliens. Il ne rencontra personne sur son chemin et fut simplement croisé par un véhicule à trois roues qui fonçait dans la nuit avec un sifflement aigu.

Les gens de Kharal devaient être des citadins-nés car même ceux travaillant dans les mines qui étaient la principale richesse de la planète, rentraient en ville la nuit tombée. Le paysage s'étendit devant lui, aride et figé sous le ciel argenté de la Nébuleuse.

Chane se sentait quelque peu surexcité car, si dans sa « carrière » de Loup des étoiles il avait visité bien des mondes étranges, c'était toujours en tant que conquérant haï et redouté. Mais maintenant, seul comme il l'était, qui donc pourrait mettre en doute son apparence de Terrien?

Kharal était un monde de taille terrestre et Chane, habitué à l'accablante pesanteur de Varna, avait l'impression vague qu'au fil de sa promenade tout son corps s'allégeait. Mais le temps d'atteindre la cité et il s'était déjà adapté aux conditions locales.

La ville était monolithique, taillée voici bien longtemps à même un haut massif de roches noires. Aussi était-ce plus une montagne qu'une cité, avec ses escarpements, ses galeries, ses niveaux superposés, ses terrasses aux fenêtres ruisselantes d'une lumière rougeâtre, ses alignements de gargouilles inhumaines en surplomb... Une ruche immense et bourdonnante qui se dressait sur l'horizon incandescent de la Nébuleuse de Corvus. Chane leva la tête, écoutant le souffle de la ville, fait de grondements sourds et de pulsations irrégulières.

Il franchit un portail démesuré s'ouvrant à la base de la ville-montagne. Celui-ci avait deux énormes battants de métal, vestiges des temps reculés, et qui devaient alors pouvoir être refermés en cas d'attaque. Maintenant, les panneaux étaient à tel point rongés par le temps que les bas-reliefs qui les ornaient, montrant rois, guerriers, danseuses et bêtes étranges, étaient presque totalement effacés.

Chane s'engagea sur une large rampe dallée, ignorant l'autoroute qui la longeait. Dès l'entrée, il fut saisi par la vie débordante de la cité et les clameurs de la foule où se pressaient humains et non-humains, Kharalis et aborigènes humanoïdes : cacophonie de voix perçantes, haut perchées, gutturales ou graves. Tous se coudoyaient sous un éclairage rougeoyant, la cohue s'ouvrant çà et là pour laisser passer quelque humanoïde velu conduisant au marché un animal meuglant, grotesque et entravé. Les odeurs et les fumets de plats étranges assaillaient le passant au fil des galeries où les bonimenteurs vantaient leurs marchandises, tandis qu'en contrepoint à tout ce vacarme résonnaient les chants obsédants des flûtes multiples de Kharal.

Les humains de Kharal étaient très grands et très minces, aucun d'eux n'ayant moins de sept pieds de haut. Ils toisaient Chane avec un mépris évident sur leur visage d'un bleu pâle. Les femmes se détournaient de lui comme si elles avaient rencontré un être repoussant et les hommes se moquaient ostensiblement de lui, l'accablant de leurs quolibets. Un jeune garçon, tout dégingandé dans sa tunique sale, se mit à lui emboîter le pas pour montrer à tous que même lui dépassait le Terrien d'une bonne tête, ce qui déclencha un redoublement de rires étouffés. D'autres jeunes gens bientôt l'imitèrent et au fur et à mesure que Chane gravissait la rampe d'entrée, il eut à ses basques un cortège grandissant de railleurs... Il les ignora délibérément, continuant son ascension de niveau en niveau et, au bout d'un moment, ses suiveurs se lassèrent et se dispersèrent. Il songeait : « *Ce serait une cité dangereuse à mettre à sac, et on pourrait facilement se faire piéger dans toutes ces galeries...* »

Puis il se souvint que désormais il n'était plus un Varnan et que plus jamais il ne participerait aux raids des Loups des étoiles...

Il s'arrêta à une échoppe et commanda une coupe d'un alcool exotique, mordant et presque acide.

Le kharali qui le servit, lorsqu'il eut bu, prit la coupe

et se mit ostensiblement à l'astiquer. Il y eut d'autres rires étouffés.

Chane se remémora alors les propos qu'avant d'atterrir Dilullo leur avait tenus concernant Kharal et ses habitants.

Les Kharalis étaient effectivement des humains à part entière, tout comme d'ailleurs les habitants de bien des systèmes de la galaxie. Or, cette découverte avait causé une grosse surprise aux premiers explorateurs venus de la Terre, après la mise au point du moteur interstellaire. Tant de mondes peuplés par des humains, cela tendait à prouver que les Terriens n'avaient pas été les premiers à courir les étoiles et que, bien avant eux, une race aux caractéristiques humaines était allée de soleils en soleils, faisant souche sur de multiples mondes de notre univers. Mais, sous la pression des impératifs de l'adaptation, ces souches humaines s'étaient modifiées chacune en fonction de sa planète, d'où l'apparence actuelle des Kharalis.

– Sachez que les habitants de ce monde considèrent tous les autres humains comme des races inférieures, avait prévenu Dilullo, et qu'à leurs yeux vous n'êtes pas plus qu'un de leurs aborigènes. Ce sont des gens à l'horizon étroit et qui détestent tous les étrangers. Soyez très polis avec eux.

Aussi Chane restait-il poli. Il ignorait délibérément les regards moqueurs et les propos insultants, bien que certaines paroles, proférées par des Kharalis s'exprimant en galacto jadis pratiqué par toute la Voie Lactée, lui fussent parfaitement compréhensibles. Il but un autre verre, s'efforçant volontairement de ne pas dévisager les femmes kharalis, puis reprit son ascension, rampes après escaliers, s'arrêtant çà et là en curieux, à l'affût de chaque spectacle quelque peu insolite. Lors de leurs raids, les Varnans, dans le feu de l'action, n'avaient guère le loisir de s'attarder et Chane appréciait beaucoup cette nouvelle occupation.

Il déboucha dans une large galerie dont l'un des côtés était totalement à ciel ouvert avec la Nébuleuse en toile de fond. Sous les lampadaires rougeoyants, un petit groupe de Kharalis s'était rassemblé autour de quelque chose que Chane ne pouvait distinguer. Il entendit des rires entrecoupés par d'étranges sons chuintants. Sans bousculer ni pousser personne, il se fraya un chemin dans la foule afin de voir ce qui se passait. Plusieurs humanoïdes se tenaient là, créatures velues aux multiples bras et aux yeux doux et stupides. Certains d'entre eux portaient de longues cordes de cuir munies à leur extrémité d'une curieuse boucle. Deux de ces êtres avaient chacun noué un de ces liens aux pattes d'un animal ailé qu'ils maintenaient entre eux. La bête captive, semi-reptilienne et moitié aussi grosse qu'un homme, avait un corps écailleux, tavelé et, avec une rage folle, de son bec aux dents acérées, elle frappait l'air dans tous les sens.

En effet, lorsqu'elle fonçait dans une direction, le câble fixé à son autre patte la ramenait rudement à son point de départ et la crête de la brute devenait alors écarlate et des chuintements furieux accompagnaient sa déconvenue.

Les Kharalis trouvaient cela amusant et à chaque fois que la crête virait au cramoisi ou que des sifflements coléreux se faisaient entendre ils se mettaient à rire. Sur bien des mondes Chane avait souvent vu harceler ainsi des animaux et jugeait la distraction puérile. Il se détourna pour se dégager du cercle des spectateurs.

Quelqu'un chuchota et des boucles de cuir enserrèrent soudain les deux bras de Chane. Il pivota sur lui-même. Deux Kharalis, s'étant emparé des lassos des humanoïdes, venaient fort habilement de le capturer au vol. Ce fut un éclat de rire général et méchant.

Chane s'immobilisa et se força à sourire. Il dévisagea le cercle de visages bleus moqueurs et hilares l'entourant.

– D'accord, dit-il en galacto. J'ai pigé. Pour vous, un Terrien est une sorte de bête étrange. Mais maintenant, laissez-moi m'en aller.

Mais ils n'avaient pas l'intention de le laisser filer si facilement. La corde passée à son bras gauche subit une brusque traction, le faisant chanceler.

Alors qu'il essayait de conserver son équilibre, la corde nouée autour de son bras droit fut à son tour tirée et il se mit à tituber. Les rires redoublèrent d'intensité noyant le lointain murmure des flûtes. La bête tavelée était maintenant totalement oubliée.

– O.K., annonça Chane, vous vous êtes suffisamment amusés comme ça!

Il maîtrisa sa colère en songeant qu'il avait déjà désobéi aux ordres en se trouvant là et qu'il n'était pas nécessaire d'envenimer les choses.

Brutalement, ses bras s'envolèrent à l'horizontale, pointant pratiquement chacun dans une direction opposée, car les deux Kharalis venaient de solliciter simultanément leur corde. Un des humanoïdes approcha, se plantant face à Chane, le désignant du doigt, puis montrant la créature tavelée. C'était là une plaisanterie que même son esprit un peu simple pouvait comprendre et son air réjoui déclencha de nouveaux ricanements parmi les hommes bleus. Les Kharalis, pliés par le fou rire, observaient successivement l'humanoïde et Chane.

Chane tourna la tête pour faire face au Kharali qui contrôlait la corde passée autour de son bras droit. Il lui demanda doucement : « Allez-vous me lâcher maintenant? »

La réponse vint sous la forme d'une violente et douloureuse saccade infligée à son bras droit. Le Kharali le toisait, un sourire méchant aux lèvres. Chane entra alors en action avec la vitesse et la vigueur que lui conféraient, sur cette planète à faible gravité, ses muscles de Varnan.

Il plongea sur le Kharali placé à sa droite, et la sauvagerie de son bond fit basculer l'homme qui tenait la corde gauche. Chane se jeta alors sur le grand Kharali médusé et, passant sous sa garde, se saisit de lui. Ses mains se refermèrent sur les bras de son adversaire au niveau des épaules. Il mit toute sa force dans cette étreinte, et soudain il y eut un double craquement sourd, semblable au bruit mat d'une branche humide que l'on casse. Chane recula d'un pas. Le Kharali restait immobile, son visage figé par l'horreur. Ses deux longs bras minces pendaient inertes, tous deux brisés au niveau des épaules.

Pendant un court instant, les Kharalis muets restèrent sans réaction. On aurait dit qu'ils ne pouvaient en croire leurs yeux, tout comme si un misérable roquet s'était soudainement transformé en tigre se jetant sur sa proie. Chane mit à profit ce répit pour s'insinuer entre eux et quitter la galerie où il se trouvait par un étroit escalier. Puis, brusquement, il y eut derrière lui une explosion de cris de rage. Il se mit alors à courir, grimpant quatre à quatre les volées de marches. Il riait alors même qu'il courait. Il n'était pas près d'oublier le bravache Kharali et le moment où la face méchante de l'homme bleu s'était brutalement transformée en un masque d'épouvante.

L'escalier débouchait dans un corridor sombre taillé à même le roc. D'un coup d'œil il repéra les premiers degrés d'un nouvel escalier partant dans une autre direction et il s'y engouffra. Toute cette cité-montagne n'était que couloirs labyrinthiques et escaliers tortueux.

Il se retrouva en haut des marches au cœur d'un vaste bazar baignant dans une lumière rougeâtre et qui semblait s'étendre à perte de vue. Là, une foule de Kharalis se pressaient aux différents étalages, discutant et marchandant. Dissimulé derrière un stand décoré de statuettes blasphématoirement hideuses d'idoles aux bras reptiliens, Chane repéra un escalier étroit qui semblait s'enfoncer dans la montagne. Cherchant à l'atteindre, il se faufila dans la cohue des hommes bleus qui le dévisageaient avec étonnement. Il ne lui fallait pas continuer à grimper car il ne pourrait quitter les lieux qu'en rejoignant la base de la cité-montagne. Il s'était trouvé dans des situations bien pires que celle-ci et ne s'alarmait pas outre mesure. L'escalier étroit qu'il dévalait le conduisit brutalement dans une grande pièce taillée dans le roc. L'éclairage rougeoyant de l'endroit lui permit de se rendre compte qu'il s'agissait d'un amphithéâtre où des Kharalis en robe se tenaient assis en haut des gradins contemplant une petite scène centrale.

Trois filles kharalis quasiment nues dansaient sur cette scène au son plaintif d'un orchestre de flûtes.

Elles dansaient au milieu de l'éclat des pointes d'acier acérées de plus de quinze centimètres de long qui hérissaient le plancher, pointes disposées à quelques pouces les unes des autres. Les minces corps bleus sautaient et tournoyaient, les pieds nus frappaient le sol tout près des lames cruelles pour s'envoler de nouveau et, dans leur danse sauvage, les filles rejetaient en arrière leurs longs cheveux noirs en riant.

Chane restait bouche bée, fasciné. Il ressentait une admiration proche de l'amour pour ces trois filles qui pouvaient rire alors qu'elles dansaient avec le danger.

Puis, il entendit l'écho de gongs lointains et le piétinement d'une foule dévalant l'escalier situé derrière lui. Il tenta de prendre de nouveau la fuite alors que les premiers poursuivants surgissaient. Mais il n'avait pas songé que quelqu'un muni d'une arme avait pu se joindre à la meute des chasseurs. Il n'y avait pas pensé jusqu'à ce qu'il entendît le bourdonnement d'un paralyseur dans son dos...

IV

Dilullo se tenait assis dans une vaste crypte ombreuse taillée dans le roc de la cité-montagne et sa colère et son énervement ne faisaient que croître.

Depuis des heures qu'il marinait là, les oligarques qui dirigeaient Kharal n'avaient pas donné signe de vie. De l'autre côté de la table, en face de lui, il n'y avait qu'Odenjaa, le Kharali qui, des semaines auparavant, l'avait contacté en Achernar, Odenjaa qui, cette nuit même, par des chemins détournés, les avait conduits du vaisseau à la citadelle.

– Bientôt, disait Odenjaa, très bientôt, les Seigneurs de Kharal seront ici!

– Ça fait deux heures que vous me répétez ça! répliqua Dilullo.

Il commençait à en avoir assez. La chaise dans laquelle il était assis était effroyablement inconfortable car elle avait été conçue pour des gens plus grands que lui, et les jambes de Dilullo pendaient dans le vide comme celles d'un enfant.

Il était convaincu qu'ils le faisaient volontairement attendre mais il ne pouvait faire rien d'autre que de paraître imperturbable et plein d'assurance. Bollard, installé à ses côtés, se montrait totalement décontracté, mais cela ne voulait rien dire, car le gros Bollard, le plus coriace des Mercenaires, avait un visage de lune en permanence indéchiffrable.

L'éclairage de la pièce diffusait une lumière rougeâtre qui lui blessait les yeux, mais les sombres murs rocheux demeuraient noirs et déprimants. Par la croisée ouverte pénétrait l'air frais de la nuit, et avec lui le murmure de flûtes lointaines et les voix de tous les niveaux de la vaste ruche qui s'étageaient sous leurs pieds.

D'un seul coup, Dilullo en eut assez de tous ces mondes étranges. Il en avait trop visité au cours de sa longue carrière. A quarante ans, un Mercenaire était vieux. De toute façon, que diable allait-il faire dans l'Amas de Corvus?

Il se secoua brutalement : « Cesse donc de t'attendrir sur ton sort! Tu es ici uniquement parce que tu espères bien y trouver ton compte et qu'il n'existe pas d'autre moyen pour toi de gagner cet argent auquel tu tiens tant! »

Finalement, apparurent les Seigneurs de Kharal.

Ils étaient six, immenses dans leurs riches tuniques, mais tous, sauf un seul, d'un certain âge.

Ils s'assirent cérémonieusement autour de la table et, seulement alors, ils dévisagèrent attentivement Dilullo et Bollard.

Dilullo avait traité avec des hommes de bien des mondes, mais jamais encore avec d'aussi étranges que ceux-ci et il était bien déterminé à ne pas se laisser mettre en position d'infériorité au cours de la discussion.

En galacto, il affirma clairement et à haute voix : « Vous m'avez appelé. » Puis il se tut, faisant face aux Seigneurs de Kharal et attendant leur réponse. Finalement, le plus jeune des Kharalis, dont le visage s'était assombri sous l'effort de la colère, répliqua brutalement :

– Moi, je ne vous ai pas fait venir, Terrien!

– Alors, pourquoi suis-je ici? demanda Dilullo. Sa main désignant Odenjaa, il poursuivit : Cet homme est venu me trouver en Achernar voici plusieurs semaines déjà. Il m'a dit que Kharal avait un ennemi, la planète Vhol, le monde le plus extérieur de ce système. Il m'a précisé que vos adversaires de Vhol possédaient une arme nouvelle redoutable que vous désiriez voir détruire. Il m'a assuré aussi que vous me payeriez bien si j'amenais des hommes avec moi pour vous aider.

Ces propos délibérément provocateurs déclenchèrent une réaction quasi générale de colère et de mépris de la part de tous ses interlocuteurs, à l'exception cependant du plus âgé des Kharalis dont les yeux, au milieu d'un visage plissé par tout un réseau de fines rides, l'étudiaient froidement. Ce fut le plus âgé qui répondit : « C'est collectivement que nous avons décidé de faire appel à vous, bien que l'un d'entre nous y fût opposé. Il se peut en effet que nous puissions vous utiliser, Terrien. »

Insulte pour insulte, pensa Dilullo. Maintenant qu'ils avaient réciproquement démontré le peu de cas qu'ils faisaient les uns des autres, il espérait qu'ils pourraient commencer à discuter du fond du problème.

– Pourquoi les habitants de Vhol sont-ils vos ennemis ? demanda-t-il.

Le vieillard répondit : « C'est très simple. Ils veulent mettre la main sur les richesses minières de notre planète. Ils sont nettement plus nombreux et ont sur nous une sensible avance technologique. » Il prononça le terme de « technologique » comme s'il s'agissait d'une grossièreté. « Aussi ils ont essayé de débarquer en force pour nous envahir. Nous avons alors repoussé leur assaut. »

Dilullo acquiesça. C'était là une vieille histoire. Lorsqu'un système solaire accédait à la navigation spatiale, l'un des mondes du système tentait souvent de s'emparer des autres et de créer un empire.

– Pour l'arme nouvelle, comment l'avez-vous appris ?

– Il y avait eu déjà des rumeurs à ce propos, continua le vieux Kharali, puis, voici quelques mois, un vaisseau de reconnaissance de Vhol fut intercepté par nos croiseurs et abattu. Il y avait un survivant à bord, un officier que nous avons capturé et interrogé. Il nous a dit tout ce qu'il savait.

– Tout ?

Odenjaa expliqua en souriant : « Nous avons mis au point certaines drogues qui peuvent rendre un homme inconscient et, dans son inconscience, celui-ci répond à toutes les questions sans même s'en souvenir ensuite. »

– Que vous a-t-il dit?

– Il nous a annoncé que bientôt Vhol nous détruirait totalement et que de l'Amas de Corvus surgirait une arme qui nous anéantirait tous.

– De l'Amas de Corvus? Dilullo était surpris. Mais c'est un coin de l'espace qui n'est que labyrinthe de poussières et de débris, dont il n'existe aucune carte et dont les dangers... Il s'interrompit pour faire remarquer avec un sourire amer: Je commence à voir pourquoi vous vouliez des Mercenaires pour ce boulot!

Le plus jeune des Seigneurs de Kharal prononça d'un ton âpre quelques phrases rapides dans sa langue natale, dévisageant Dilullo d'un air furieux.

Odenjaa traduisit : « Vous devez savoir que des Kharalis sont déjà morts en essayant de pénétrer dans la Nébuleuse mais nos vaisseaux manquent des instruments complexes de détection que possèdent tant les vaisseaux de Vhol que les nefs terriennes. »

Dilullo songea que tout cela était probablement vrai. Il n'y avait pas longtemps que les Kharalis voyageaient dans l'espace et leur mentalité isolationniste et trop traditionaliste n'en faisaient pas de bons navigateurs. Ils n'avaient pas de vaisseaux stellaires. Les nefs des autres systèmes leur apportaient des produits manufacturés en échange des métaux et pierres précieuses de leur planète. En y pensant, Dilullo se dit qu'il ne voudrait pas risquer l'exploration de la Nébuleuse à l'aide de croiseurs planétaires comme en avaient les Kharalis.

Il dit gravement : « Si mes propos ont pu faire croire que je doutais du courage des Kharalis, je vous présente mes excuses. »

Les Seigneurs de Kharal parurent à peine moins courroucés. « Mais », ajouta Dilullo, « je dois en savoir plus. Est-ce que votre captif connaissait quelque chose de la nature même de l'arme? »

Le plus âgé des Kharalis, posant ses mains à plat sur

la table, répondit : « Non. Nous l'avons interrogé à plusieurs reprises alors qu'il était sous l'effet des drogues, la dernière fois voici quelques jours à peine, mais il n'a rien pu nous dire. »

– Est-ce que je peux m'entretenir avec ce prisonnier vholien ? demanda Dilullo.

Aussitôt, ses interlocuteurs montrèrent leur suspicion. « Pourquoi voulez-vous vous entretenir avec l'un de nos ennemis, alors que vous devez travailler pour nous ? Nous ne pouvons que refuser. »

Pour la première fois, Bollard prit la parole, dans un zézaiement feutré qui semblait incongru lorsqu'on contemplait son visage lunaire et poupin.

– Cette histoire est beaucoup trop fumeuse, John.

– Oui, tout est trop vague, admit Dilullo, mais peut-être peut-on quand même risquer le coup. Il réfléchit durant une minute, puis, dévisageant les Kharalis de l'autre côté de la table, annonça : Trente pierres de lumière. Ils le considéraient d'un air intrigué et il répéta patiemment : Trente pierres de lumière. C'est ce que vous devrez nous payer si nous réussissons dans notre mission.

Leur visage refléta d'abord l'incrédulité, puis la colère. « Trente pierres de lumière ! » reprit le jeune Seigneur de Kharal. « Croyez-vous que nous allons donner à de petits Terriens la rançon d'un empereur ? »

A combien évaluez-vous la rançon d'une planète ? répliqua Dilullo. Et combien de vos pierres de lumière croyez-vous qu'un envahisseur vous prendra ?

L'expression de leurs visages trahit leurs sentiments mais cela ne dura pas. Bollard, qui les observait, murmura : « Ils vont payer. » Dilullo ne leur laissa pas le loisir de réfléchir à l'énormité de sa demande : « Cela correspond à la recherche et la destruction de l'arme de vos ennemis. Mais d'abord, nous devons nous rendre compte de ce que nous pouvons effectivement tenter et cela ne manquera pas de risques. Vous nous donnerez donc comme avance trois pierres de lumière. »

A ces mots, ils retrouvèrent tous leur voix pour

aboyer rageusement : « Et qui nous prouve que vous autres Terriens n'empocherez pas les trois pierres avant de disparaître, en riant de notre naïveté ? »

Dilullo fixa Odenjaa : « C'est à vous qu'incombe la tâche de recruter les Mercenaires. Alors, dites-moi, avez-vous jamais entendu dire que parmi nos gars il y en avait eu qui aient essayé de rouler ceux qui les avaient engagés ? »

– Oui, répliqua Odenjaa. Cela est arrivé à deux reprises.

– Et qu'est-il advenu aux Mercenaires qui avaient fait le coup ? poursuivit Dilullo. Vous avez aussi dû en entendre parler ? Répondez.

A contrecœur, Odenjaa reprit : « On m'a raconté que d'autres Mercenaires les avaient capturés eux-mêmes et les avaient remis aux mondes qu'ils avaient escroqués. »

– C'est exact, précisa Dilullo à travers la table à ses interlocuteurs. Nous autres, Mercenaires, formons une sorte de confrérie et, dans la galaxie, il nous serait parfaitement impossible d'agir si nous n'avions pas de parole. Trois pierres de lumière en acompte.

Les Kharalis le fixaient toujours avec colère, à l'exception du vieillard qui ordonna posément : « Qu'on leur apporte les pierres. »

Un des Seigneurs se leva et disparut. Quelque temps plus tard il revint pour, d'un geste coléreux, faire rouler à travers la table, trois petites lunes scintillantes vers les Terriens. Elles étaient minuscules mais merveilleuses, absolument merveilleuses et donnaient l'impression d'emplir presque toute la salle de tourbillons éblouissants de lumière vivante, songeait Dilullo. Il entendit Bollard siffler entre ses dents et, tendant la main pour empocher les trois lunes, il se prit quelques instants pour un dieu.

Il y eut du bruit à une porte. Odenjaa alla voir ce qui se passait, et, lorsqu'il revint, il fusilla du regard Dilullo.

– Il y a quelque chose qui vous concerne, annonça-t-il d'une voix vipérine. Un de vos hommes s'est introduit dans la cité et a tenté de tuer...

Deux Kharalis de haute taille entrèrent, soutenant une silhouette chancelante à la démarche d'homme ivre.

– Surpris? ricana Chane, avant de s'effondrer sur le sol, le visage en avant...

V

Avant de reprendre pleinement conscience, Chane eut l'impression que la voix de Dilullo lui parvenait de très loin. Il savait bien pourtant qu'il n'en était rien. Il se rappelait parfaitement comment, engourdi par la giclée de paralyseur, il s'était écroulé lorsque ses ravisseurs l'avaient lâché.

Il se revoyait gisant sur le sol, écoutant une voix de Kharali annoncer : « Cet homme ne repart pas avec nous. Il doit rester ici pour être puni. » Puis la voix calme de Dilullo répondant : « Gardez-le donc et punissez-le. » Ensuite ses gardiens l'avaient soulevé et l'avaient entraîné à travers plusieurs niveaux jusqu'à un corridor où s'alignaient des cellules et ils l'avaient jeté dans l'une d'ellcs.

Chane ouvrit les yeux. Il se trouvait bien dans une cellule taillée dans le roc avec, d'un côté, une porte verrouillée donnant dans un couloir éclairé, et de l'autre une ouverture de 45 centimètres de côté, véritable meurtrière donnant sur le ciel phosphorescent de Kharal. Il était étendu sur le roc humide. Ses côtes lui faisaient mal et, maintenant, il se rappelait que ses gardiens l'avaient consciencieusement bourré de coups de pied après l'avoir traîné dans cette cellule.

Chane sentit que, progressivement, l'engourdissement se dissipait et il réussit à se redresser un peu et à s'asseoir, le corps adossé à la paroi. La torpeur qui obscurcissait son cerveau s'atténuant, il fit des yeux le tour de sa geôle et ce qu'il en vit suscita en lui une violente révolte.

Il n'avait encore jamais été emprisonné. Aucun Loup des étoiles ne s'était jamais trouvé derrière des barreaux, car si l'un d'eux était capturé au cours d'un raid, il était impitoyablement tué sur-le-champ. Bien sûr, les gens d'ici ignoraient qu'ils avaient affaire à un Loup des étoiles, l'apparence mise à part. Mais cela n'enlevait rien à la terrible réaction claustrophobique qu'il ressentait.

Il était sur le point de se lever et d'essayer sa force sur les épais barreaux métalliques composant la porte de sa cellule lorsque cela reprit : il percevait de nouveau la voix à peine audible de Dilullo qui semblait s'adresser à lui de l'autre bout du monde.

– Chane?

Chane secoua la tête. Une décharge de paralyseur laissait souvent d'étranges séquelles au niveau du système nerveux.

– Chane?

Chane se raidit. Le murmure discret qu'il percevait paraissait issu d'une source précise et il avait l'impression que l'appel prenait naissance juste au-dessous de sa propre épaule gauche.

Il s'examina de la tête aux pieds. Au niveau d'où émanait la voix de Dilullo il n'y avait rien sinon le bouton qui servait à fermer le rabat de la poche de poitrine de sa veste.

Il pencha sa tête de côté et amena la poche et son bouton à proximité de son oreille.

– Chane!

Il entendait très clairement maintenant; cela provenait bien du bouton.

Chane approcha le bouton de son visage et murmura :

– Lorsque vous m'avez donné cette belle veste neuve, pourquoi ne pas m'avoir dit que ce bouton était en réalité un émetteur-récepteur miniature?

La voix de Dilullo répliqua sèchement : « Nous autres, Mercenaires, avons nos petits trucs, Chane, mais nous ne tenons pas à ce que chacun les connaisse.

Je vous en aurais avisé plus tard, lorsque j'aurais été sûr de votre loyauté. »

– Merci, répondit Chane. Et merci encore plus d'avoir filé en m'abandonnant aux Kharalis.

– Ne me remerciez pas, poursuivit la voix coupante de Dilullo, vous l'aviez bien mérité.

Chane sourit : « Au fond, peut-être avez-vous raison ! »

– Ce qui est embêtant, continuait la voix lointaine de Dilullo, c'est qu'à titre d'échange de bons procédés, ils vont, demain matin, venir vous chercher pour vous briser les deux bras. Je me demande ce que vous ferez ensuite, lorsqu'ils vous libéreront pour vous laisser mourir à petit feu.

Chane approcha le bouton de ses lèvres et murmura : « Est-ce juste pour m'exprimer vos condoléances que vous avez pris la peine de m'appeler et de me prévenir de l'existence de cette radio ? »

– Non, répondit Dilullo. Ça ne se limite pas à ça !

– C'est bien ce que je pensais. Quoi d'autre ?

– Écoutez attentivement, Chane. Les Kharalis détiennent un officier vholien, sans doute prisonnier dans la même prison que celle où vous vous trouvez. Je veux cet homme. Nous devons aller sur Vhol et nous éviterons tout soupçon éventuel en leur ramenant l'un des leurs que nous aurons délivré.

Chane saisit immédiatement : « Mais pourquoi n'avez-vous pas demandé aux Kharalis de vous le confier ? »

– J'ai émis le souhait de parler à cet homme mais cette simple demande les a tous rendus soupçonneux. Si jamais j'avais exigé qu'ils me le livrent, ils auraient été immédiatement convaincus que je me préparais à passer dans le camp adverse.

– N'auront-ils pas les mêmes soupçons si c'est moi qui fais évader votre Vholien ? interrogea Chane.

Dilullo précisa d'un ton tranchant : « Avec un peu de veine, nous aurons quitté Kharal et leurs soupçons n'auront plus guère d'importance. Maintenant, écoutez et cessez de discuter. Je ne veux pas que le prisonnier sache pourquoi vous l'aidez à s'échapper, aussi racontez-lui que vous avez besoin de quelqu'un pour vous guider car vous avez été incarcéré ici alors que vous étiez inconscient, etc. »

– Astucieux, apprécia Chane, mais il y a une chose que vous oubliez, c'est qu'il me faut sortir de ma cellule...

– Le bouton de votre poche droite est un micro-laser. A l'intensité six, sa durée de fonctionnement est de quarante secondes. Le déclencheur est au dos du bouton, annonça Dilullo.

Chane regarda de près le bouton : « Diable, combien d'autres gadgets avez-vous de disponibles ? »

– Nous disposons d'une assez large gamme mais, vous, vous n'avez que ces deux-là. Je ne vous faisais pas assez confiance pour vous en confier plus de deux, même en ne vous en parlant pas !

– A supposer que ce Vholien ne se trouve pas ici, mais qu'il soit détenu ailleurs ? s'enquit Chane.

Dilullo poursuivit imperturbablement : « Alors, vous feriez mieux de le trouver. Si vous ne le dénichez pas, il sera inutile de regagner le vaisseau. Nous décollerons en vous abandonnant ici. »

– Vous savez, reconnut Chane d'un ton admiratif, il y a des moments où je pense que vous auriez pu faire un bon Loup des étoiles !

– Une dernière chose, Chane : si nous réussissons, nous aurons à revenir sur Kharal. Or, pour espérer toucher notre dû, il nous faut à tout prix éviter de tuer. Aussi, pas de tuerie, surtout *pas de tuerie*... Terminé...

Chane se redressa et, silencieusement, se mit pendant quelques minutes à faire des flexions de bras et de jambes pour s'assurer que les dernières traces d'engourdissement étaient bien dissipées. Puis, sur la pointe des pieds, il alla jusqu'à la porte de sa cellule, pressant son visage entre les barreaux.

Il pouvait distinguer au bout du couloir les pieds du gardien qui était vautré sur un siège tandis que, de l'autre côté du corridor, s'alignaient des cellules analogues à la sienne. Il se recula d'un pas et se mit à réfléchir.

Au bout d'un moment, il enleva méticuleusement les deux boutons truqués de sa veste et mit l'émetteur-récepteur dans la poche de sa chemise. Ensuite, ôtant son veston, il s'accroupit devant la porte de sa cellule.

Discrètement, il entoura de sa veste le bas d'un des barreaux de la porte, laissant simplement une petite tranche de métal à nu. Il approcha soigneusement du barreau le minuscule orifice du micro-laser, utilisant sa main libre pour jeter un pli de son veston sur les doigts qui tenaient l'appareil. Alors, il pressa le déclencheur au dos du bouton.

Le tout petit éclair du laser fut masqué par le veston et son sifflement étouffé par la toux de Chane. Il laissa agir le faisceau pendant une vingtaine de secondes puis relâcha le déclencheur.

De petites volutes de fumée émanaient de son veston roussi. Chane se servit de ses mains comme ventilateur pour attirer la fumée dans sa cellule, de façon à ce qu'elle s'évacue par la fenêtre, au lieu de se répandre dans le couloir. Il défripa sa veste quelque peu carbonisée et put se rendre compte que le barreau avait été totalement sectionné.

Il fut pris d'une hésitation. Il pouvait évidemment sectionner le barreau à un autre endroit et l'enlever, mais, à moins d'y être contraint, il ne tenait pas à le faire, car il pourrait avoir besoin du micro-laser par la suite.

Il empocha donc le minuscule appareil, prit à pleines mains le barreau sectionné et le mit à l'épreuve. Dès le premier essai il eut la certitude que sa force de Varnan était suffisante pour parvenir à plier la tige de métal. Il eut aussi la certitude que cela ne manquerait pas de faire du bruit. Si, à vouloir tout prévoir, vous vous arrêtez en pleine action, vous risquez fort de mourir avant d'avoir pris une décision. Chane se saisit du barreau tronçonné et, avec la furie d'un fauve emprisonné, mit dans l'effort toute la vigueur de ses muscles.

Le barreau plia vers l'intérieur avec un son métallique.

Il y avait un espace juste suffisant pour se glisser à l'extérieur et Chane jaillit immédiatement de sa cellule car il lui fallait faire vite pour ne pas échouer.

Le gardien kharali bondit de son siège pour voir le Terrien plonger sur lui telle une panthère noire, à une vitesse incroyable...

Chane frappa du tranchant de la main et le garde s'écroula, foudroyé, ses mains se tendant vainement vers un bouton encastré dans le mur. Chane amortit la chute du corps et fouilla le Kharali, mais l'homme ne portait pas d'arme et n'avait pas de clefs sur lui. Il pivota, sondant du regard le corridor en face de lui. Il ne vit rien qui ressembla à une caméra de surveillance. Apparemment, les Kharalis, qui n'étaient guère portés sur les raffinements techniques, considéraient que le bouton d'alarme était amplement suffisant.

Apparemment aussi, ils n'emprisonnaient que peu de gens car la majorité des cellules étaient vides. Chane n'en fut pas surpris. Pour ce qu'il avait pu observer d'eux, les Kharalis étaient des êtres qui tiraient plus de plaisir d'un châtiment public, ou d'une exécution capitale en plein air que de l'incarcération des coupables.

Dans l'une des cellules, un humanoïde gisait, endormi et ronflant, ses bras velus s'agitant dans son sommeil.

Son corps était marbré de meurtrissures et il émanait du captif une effroyable odeur d'alcool aigre.

Deux autres cellules étaient vides, mais dans la suivante un homme dormait. Il avait la peau blanche, était approximativement de la taille de Chane et semblait être à peu près du même âge. Pourtant, il n'avait ni le visage boucané des coureurs d'espace ni le teint rosé des Terriens. Il était d'un blanc albinos avec la peau recouverte d'un fin duvet de couleur claire. Lorsque Chane l'éveilla d'un sifflement, il put voir que les yeux du prisonnier, en fait, n'étaient pas albinos mais bleus d'azur. L'homme se redressa d'un bond. Il portait une courte tunique très différente de la robe des Kharalis, avec par-dessus une sorte de baudrier d'officier.

– Savez-vous comment sortir de cette cité? demanda Chane en galacto. Les yeux du Vholien s'écarquillèrent : Mais vous êtes le Terrien qu'ils ont traîné ici voici quelques heures. Comment...

– Écoutez, interrompit Chane. J'ai réussi à quitter ma cellule. Je veux ficher le camp de cette damnée ville mais j'étais inconscient lorsqu'ils m'ont conduit ici et je ne sais même pas où je suis. Si je vous sors de là, pourrez-vous me guider? Connaissez-vous bien la cité?

Le Vholien se mit à bafouiller dans son excitation : « Oui. Oui. Je connais les lieux. C'est plus d'une fois qu'ils m'ont reconduit ici après interrogatoire à l'extérieur. Je ne voulais pas parler, aussi m'ont-ils drogué pour savoir je ne sais quoi et après chaque séance ils m'ont ramené ici. Oui, j'ai bien repéré où nous sommes et je sais comment... »

– Reculez, alors.

Chane se pencha et utilisa la charge restante du micro-laser pour sectionner un des barreaux du bas de la porte. Malheureusement, la charge s'épuisa avant d'avoir pu tronçonner totalement la barre de métal. Le barreau était découpé aux neuf dixièmes. Chane s'assit, cala ses pieds contre les autres barres, puis empoigna le barreau presque coupé au-dessus de la section. Il lâcha prise immédiatement, jurant à mi-voix. Le métal était encore brûlant. Il attendit une minute, puis se remit en position, le métal s'étant suffisamment refroidi. Les pieds bien bloqués, il tira de toute la force de ses muscles. L'extraordinaire musculature que Varna lui avait conférée se tendit d'un coup et, brutalement, le barreau céda avec un « *ping* » sonore. Il ne relâcha pas son effort et continua de tirer jusqu'à ce que le barreau se plie lentement vers l'extérieur. Le Vholien s'insinua promptement dans l'intervalle ainsi aménagé.

– Vous êtes drôlement costaud, s'exclama-t-il en dévisageant Chane.

– On pourrait le croire, mentit Chane, mais j'avais déjà sectionné partiellement le haut du barreau avant de vous éveiller.

Le Vholien tendit le bras vers un panneau situé au fond du couloir, à l'opposé de l'endroit où se trouvait le gardien.

– C'est la seule issue, murmura-t-il, et elle est toujours fermée à partir de l'autre côté.

– Qu'y a-t-il au-delà de cette porte?

– Deux autres gardes kharalis. Ceux-là sont armés. Lorsque celui qui surveillait ici voulait sortir, il n'avait qu'à les appeler au travers du panneau.

L'homme, nota Chane, s'efforçait d'être précis et rapide dans ses explications, mais il tremblait visiblement d'excitation.

Chane eut beau faire le tour du problème, il n'y avait qu'une seule façon de se faire ouvrir la porte, aussi devraient-ils tenter le coup et voir ce qu'il en adviendrait.

Il prit le Vholien par le bras et, silencieusement, courut avec lui à l'endroit où gisait, inanimé, le geôlier. Il installa le Vholien dos au mur, à l'emplacement précis du bouton d'alarme. Puis, soulevant le gardien évanoui, il le hissa face au Vholien, de sorte que le corps du Kharali avait l'air de s'appuyer à la paroi.

– Maintenez-le, ordonna Chane qui trouvait que sa mise en scène ne paraissait pas très convaincante.

Le garde était beaucoup trop grand et sa longue silhouette pliée piquait du nez comme un homme ivre. Mais, plaqué au mur, le Vholien était ainsi totalement dissimulé et, si ce stratagème fonctionnait, ne fût-ce que quelques instants, cela devait suffire.

– Lorsque je sifflerai, déclenchez l'alarme et ne bougez plus, expliqua Chane qui retourna au fond du corridor pour s'embusquer dos au mur, au niveau de la porte du poste de garde.

Il siffla. Une sonnerie stridente retentit de l'autre côté du panneau. La porte s'ouvrit presque immédiatement, pivotant dans le corridor et masquant Chane.

Après quelques instants de pause, le bruit des pas des deux gardes retentit dans le corridor. Les Kharalis tenaient chacun leur paralyseur à la main mais ils accouraient sans trop de hâte. Ils avaient balayé du regard le couloir, n'y découvrant aucune trace de prisonniers évadés, mais simplement leur collègue debout qui leur tournait le dos.

Chane, de toute sa vitesse, bondit à leur suite, les frappant à plusieurs reprises du plat de la main : les deux hommes s'écroulèrent. Il s'empara de l'un des paralyseurs pour leur en administrer à chacun une décharge et s'assurer ainsi de leur inconscience.

Il revint vers le fond du corridor et se mit à rire en voyant le Vholien qui essayait de se dépêtrer du gardien évanoui, donnant l'impression qu'il était en train de lutter avec la grande carcasse du Kharali.

Chane dispensa également une rafale de paralyseur à ce garde-là. Sèchement, il dit au Vholien : « Allons-y, maintenant. Prenez l'autre arme. »

Alors qu'il passait devant la cellule où l'humanoïde somnolait, il vit que la créature s'était éveillée. Celle-ci regardait à travers les barreaux, les yeux injectés, les paupières rouges et tuméfiées, visiblement trop abrutie par la boisson pour pouvoir saisir ce qui venait de se passer, à supposer qu'elle en eût la capacité.

– Dors, mon frère velu, lui dit Chane. Nous ne sommes ni l'un ni l'autre faits pour les grandes villes.

Ils pénétrèrent dans la pièce d'où les deux autres gardes étaient accourus. Il n'y avait là personne et cette salle de garde ne comportait qu'une seule issue qui débouchait directement dans l'une des principales galeries de la cité; là encore, tout était désert...

La cité paraissait plus calme, comme endormie. Chane perçut, montant vers lui, le lointain écho des flûtes et les vociférations d'une voix coléreuse.

– De ce côté, lui recommanda le Vholien, le trottoir roulant principal est par là.

– Nous n'y parviendrons jamais, dit Chane. Il y a encore beaucoup trop de passants et d'aussi loin qu'ils peuvent voir, ceux-ci nous repéreraient automatiquement à notre petite taille.

Il traversa la galerie et se pencha au-dessus de la rambarde, plongeant son regard dans la nuit.

La masse de la Nébuleuse avait traversé toute une partie du ciel et Kharal s'en allait vers le lever du soleil. La luminosité argentée qui venait maintenant éclairer obliquement les grotesques gargouilles de pierre saillant des parois abruptes de la cité-montagne, jetait de longues ombres tourmentées et sombres au flanc de la citadelle.

A chaque niveau se projetait une gargouille et Chane estima qu'ils se trouvaient à une dizaine de niveaux du sol. Il décida soudain :

– Nous allons descendre par la muraille extérieure. Celle-ci est fissurée et offre pas mal de prises. En outre, nous aurons les gargouilles pour nous aider.

Le Vholien se pencha à son tour pour évaluer la situation. Il ne pouvait certes pas devenir plus blanc qu'il ne l'était, mais il ne parvint pas à maîtriser une réaction instinctive de recul.

– Comme vous voudrez, mentit Chane. Venez ou restez, je ne m'en soucie guère.

Et il pensa en lui-même : *Revenir avec ou sans cet homme, c'est simplement la différence entre la vie et la mort.*

Le Vholien avala péniblement sa salive et, d'un signe de tête, manifesta son consentement. Ils enjambèrent la balustrade et entamèrent leur descente.

Ce ne fut pas aussi facile que Chane l'avait prévu. Le rocher n'offrait pas autant de prises que les ombres contournées et obliques pouvaient le laisser croire. Les ongles cassés, Chane s'agrippait de son mieux et il réussit à descendre jusqu'à la première gargouille située au-dessous de lui.

L'homme de Vhol le suivait, collé à la paroi, le visage plaqué à la pierre. Il haletait lorsqu'il rejoignit Chane.

Ils continuèrent ainsi leur descente, de gargouille en gargouille, et chacune des monstruosités de pierre leur parut plus blasphématoirement obscène que la précédente. A la cinquième, ils s'arrêtèrent pour se reposer un peu. Chane, observant la statue de pierre se détachant sur le ciel phosphorescent de la Nébuleuse, se dit qu'il devait avoir l'air passablement ridicule, accroché au flanc de la cité-montagne, assis sur le dos d'une créature de cauchemar dont le visage et l'arrière-train ne faisaient qu'un. Il eut un bref ricanement, et le Vholien tourna vers lui sa face blême comme s'il avait soudain peur.

A l'approche du sol, cela devint de plus en plus difficile car l'une des grandes portes de la cité était proche, où était rassemblé un petit groupe de silhouettes en robe. Les deux fugitifs utilisèrent de leur mieux l'amical abri des zones d'ombre pour s'éloigner de la cité, en évitant d'emprunter la route qui menait à l'astroport mais en se dirigeant néanmoins dans la même direction. Personne ne les intercepta et le vaisseau, les ayant pris à son bord, quitta la planète.

VI

L'homme nommé Yorolin ne cessait de discuter et de plaider, emplissant la petite cabine de Dilullo de ses protestations.

– Il n'y a aucune raison pour que vous ne me rameniez pas sur Vhol, affirmait-il

– Écoutez, répondait Dilullo. J'ai déjà eu assez d'ennuis dans le coin. Nous avions entendu dire qu'il y avait une guerre en train par ici et nous étions venus pour vendre des armes. Mais, à peine posé sur Kharal, voilà que je me fais refouler uniquement parce qu'un de mes hommes s'est trouvé mêlé à une bagarre. Pour moi, j'imagine que Vhol ne doit pas être un monde beaucoup plus accueillant. Je vais essayer d'atterrir sur Jarnath, la troisième planète de votre système.

– Mais c'est un monde semi-barbare! s'exclama Yorolin. Les humanoïdes qui l'habitent sont un peuple pauvre.

– Eh bien, ils seront sans doute heureux de pouvoir se procurer quelques armes modernes et peut-être auront-ils quelques produits de valeur à nous offrir en échange, répliqua Dilullo.

Assis dans un coin, Chane écoutait, admirant la manière de faire de Dilullo. C'était excellent, assez bon pour que Yorolin paraisse réellement désespéré.

– J'appartiens à l'une des grandes familles de Vhol. J'ai personnellement beaucoup d'influence, plaidait Yorolin, et je peux vous garantir qu'il ne vous arrivera rien de fâcheux.

Dilullo feignit le doute : « Je ne sais pas. J'aurais bien voulu commencer un peu avec Vhol si cela avait été possible. J'y réfléchirai. » Et il ajouta : « Pendant ce temps-là, vous feriez bien de prendre un peu de repos, car vous me paraissez à bout de forces. »

Yorolin confirma : « Effectivement, je suis vidé. »

Dilullo conduisit le Vholien dans l'étroite coursive. « Prenez la cabine de Doud, là sur votre droite. Il est actuellement de quart sur le pont. »

Lorsque Dilullo revint dans sa cabine, Chane s'attendait à une explosion. Mais le Mercenaire, ouvrant un placard, en sortit une bouteille.

– Voulez-vous boire un coup?

Surpris, mais ne voulant pas le montrer, Chane fit oui de la tête et accepta le verre qu'on lui tendait. Il n'aima pas ce qu'il but.

– C'est du whisky de la Terre, précisa Dilullo, il faut un certain temps pour s'y habituer.

Il se rassit et son regard fixe et glacé transperça Chane.

– Comment est-ce donc sur Varna? demanda-t-il à l'improviste.

Chane réfléchit : « C'est un monde géant, mais ce n'est pas une planète bien riche, du moins, avant que nous accédions aux voyages dans l'espace... »

Dilullo acquiesça : « Jusqu'à ce que les Terriens arrivent et vous apprennent à construire des vaisseaux interstellaires, vous lâchant ainsi sur toute la galaxie ! »

Chane sourit : « C'était il y a bien longtemps, mais l'histoire est connue de tous. Les Varnans roulèrent les Terriens avec autant de facilité que si ceux-ci avaient été des enfants. Ils prétendirent simplement que ce qu'ils désiraient, c'était commercer pacifiquement avec les autres mondes, tout comme le faisaient les Terriens. »

– Et depuis ce temps-là, nous avons les Loups des étoiles, poursuivit Dilullo. Mais si un jour tous les mondes indépendants pouvaient cesser un moment de se quereller, ils pourraient procéder conjointement au nettoyage de Varna.

Chane hocha négativement la tête : « Ce ne serait pas si facile. Dans l'espace, nul ne peut faire jeu égal avec les Varnans car personne ne peut impunément subir les accélérations qu'ils supportent. »

– Mais si cette coalition mettait sur pied une flotte suffisamment importante...

– Sa tâche ne serait pas aisée pour autant. Il y a de nombreux mondes puissants dans ce bras de notre galaxie. Nous autres Varnans, nous ne les avons jamais attaqués, bien au contraire; nous commerçons avec eux, notre butin contre leurs produits. Ils profitent de nos raids et s'opposeraient certainement à l'intrusion d'étrangers dans leur zone d'influence.

– Un arrangement bigrement immoral mais qui ne doit pas déranger beaucoup les Varnans, grommela Dilullo. J'ai d'ailleurs entendu dire qu'ils n'avaient aucune religion.

– Une religion? Chane fit signe que non : Pas la moindre. C'est d'ailleurs ce qui amena mes parents sur Varna et je dois ajouter que leur tentative d'évangélisation n'aboutit absolument à rien.

– Pas de religion, pas de morale, continua Dilullo, mais vous devez avoir des lois et des règles, et tout spécialement en ce qui concerne vos expéditions.

Chane commençait à comprendre, mais il se contenta de hocher la tête et de répondre : « Oui, nous en avons. »

Dilullo remplit de nouveau son verre. « Je vais vous dire quelque chose, Chane. La Terre aussi est une planète pauvre. Aussi, bon nombre d'entre nous doivent prendre l'espace pour gagner leur croûte. Nous, nous n'effectuons pas de raids, mais seulement les boulots durs ou répugnants de la galaxie, tous ceux que ses habitants ne veulent pas faire eux-mêmes. Nous sommes des gens sous contrat, mais nous sommes indépendants... nous ne sommes pas des moutons. Lorsqu'un individu veut des Mercenaires pour remplir une quelconque mission, il va trouver un capitaine avec une solide réputation, un gars comme moi. Le capitaine engage les Mercenaires les plus adaptés au travail envisagé et se procure un vaisseau de combat sur ses gains à venir. Lorsque la tâche est remplie et que chacun a reçu sa part, les Mercenaires se séparent. La prochaine fois que je partirai en opération ce sera peut-être avec une équipe entièrement différente.

– Mais voici où je voulais en venir, poursuivit-il, et ses yeux durs scrutèrent alors le visage de Chane. Tant que nous sommes en mission, nos vies à tous dépendent de l'obéissance stricte aux ordres.

Chane haussa les épaules : « Si vous voulez bien vous en souvenir, je n'ai jamais demandé à participer à votre mission. »

– Vous ne l'avez peut-être pas demandé, mais vous êtes dans le coup par la force des choses, répliqua rudement Dilullo. Vous vous prenez pour quelqu'un parce que vous avez été un Loup des étoiles. Je vous préviens tout de suite qu'aussi longtemps que vous resterez à mon bord, vous allez devoir être un loup gentiment dressé. Vous attendrez quand on vous ordonnera d'attendre et vous mordrez seulement lorsque je vous dirai : « Mords! » Avez-vous compris?

– Oui, je comprends ce que vous dites, répondit prudemment Chane. Au bout d'un moment, il demanda : Pensez-vous pouvoir m'éclairer sur ce que nous allons faire sur Vhol?

– Je crois que je peux, accepta Dilullo, car si vous ne savez pas tenir ici votre langue, vous êtes susceptible de vous trouver mort. Vhol est simplement une halte, Chane. Ce après quoi nous courons est quelque part dans la Nébuleuse. Dans un coin de l'amas, les Vholiens détiennent une arme ou un engin analogue que les Kharalis craignent et dont ils veulent la destruction. C'est le travail pour lequel nous avons été engagés. Il s'arrêta puis ajouta : « Nous pourrions évidemment filer droit sur la Nébuleuse, mais sans renseignements préalables, nous pourrions y croiser pendant des années sans trouver quoi que ce soit. Il vaut mieux faire halte sur Vhol et laisser les habitants nous conduire eux-mêmes à ce que nous cherchons. »

– Cela risque d'être difficile, et si jamais les Vholiens devinent ce que nous méditons, nous y laisserons tous notre peau!

Chane, à ces mots, sentit renaître son intérêt. Se trouver face au danger, c'était là ce qu'il avait toujours connu, depuis le jour où il avait été assez âgé pour participer aux raids des Varnans. Le danger, c'était l'ennemi avec lequel vous luttiez, et, si vous l'emportiez, le butin vous en récompensait, si vous perdiez, la mort vous attendrait. Mais sans lutte la vie ne valait pas d'être vécue et, jusqu'à cet instant, il s'était prodigieusement ennuyé sur la nef des Mercenaires. « Comment les Kharalis ont-ils été informés de l'existence de l'arme vholienne? » demanda encore Chane. « Par Yorolin? »

Dilullo confirma. « Yorolin leur a révélé que les Vholiens détenaient, au cœur même de la Nébuleuse, une arme véritablement terrifiante. Mais, en fait, lui-même ignorait ce dont il s'agissait. Yorolin d'ailleurs ne sait pas qu'il a parlé, car tous ses interrogatoires se sont déroulés alors qu'il était inconscient et sous l'effet de drogues. »

Chane approuva de la tête: « Et maintenant, vous vous apprêtez à laisser Yorolin vous persuader de rejoindre Vhol? »

– Oui, reconnut Dilullo. Il n'aura pas trop de difficultés à me convaincre de l'y déposer. J'espère simplement qu'il nous sera aussi facile de décoller que d'atterrir!

Lorsque Chane revint au poste d'équipage, il n'y avait là que quatre hommes car, durant les vols, les Mercenaires servaient à bord du vaisseau en tant que personnel navigant. Ils étaient assis sur les couchettes, bavardant entre eux, mais ils se turent brusquement lorsqu'il entra. Bollard tourna vers lui son visage poupin et lunaire et dit, de sa voix zézayante: « Eh bien, Chane... t'es-tu payé du bon temps lors de la balade en ville? » Chane acquiesça: « Oui, je me suis bien amusé, ma foi! »

– C'est parfait, reprit Bollard. Vous ne trouvez pas que c'est parfait, les gars?

Rutledge jeta un regard noir à Chane et ne dit rien, mais Bixel, sans lever les yeux du petit appareil qu'il était en train de démonter, confirma d'une voix traînante qu'il trouvait ça vraiment parfait.

Sekkinen, un grand type taillé à la hache, avec sur le visage un air de perpétuel accablement, ne perdit pas de temps en subtilités. Il apostropha brutalement Chane : « Tu étais supposé rester à bord. Tu avais entendu les ordres. »

– Ah! mais Chane n'est pas un gars comme nous, c'est quelqu'un de très spécial, ricana Bollard. Il doit avoir des talents bien particuliers pour que John fasse de ce minable prospecteur de cailloux un Mercenaire à pleine paye.

Dès le début, Chane avait compris que les autres n'appréciaient guère sa présence, mais les choses se gâteraient bien plus encore si jamais ils venaient à apprendre la vérité le concernant.

– Il n'y a qu'une chose qui me chiffonne, expliqua Bollard, c'est qu'en débarquant comme ça, tu avais toutes les chances d'affoler les Kharalis au point de nous faire promptement tuer. Et si cela s'était produit?

– J'aurais été désolé, répliqua Chane avec un sourire suave.

Bollard le fusilla du regard : « Je suis sûr que tu aurais été désolé. Et je vais d'ailleurs te dire une bonne chose, Chane : si jamais une histoire semblable se renouvelle, pour t'éviter d'avoir le cœur brisé, je m'arrangerai pour te descendre avant car je ne veux pas que tu aies trop à souffrir de ta bonté d'âme! »

Chane ne répondit rien. Il se souvenait de ce que Dilullo venait de lui dire, à propos des Mercenaires dont la vie dépendait les uns des autres, et il comprit que l'avertissement zozotant qu'il venait de recevoir devait être pris au sérieux. Il se mit à penser que ces Terriens n'étaient peut-être pas des Varnans, mais qu'à leur façon, ils pouvaient bien être aussi dangereux. De toute façon, les Mercenaires n'avaient pas acquis pour rien la réputation dont ils jouissaient. Il lui parut que c'était le moment où jamais de se taire et de prendre un peu de repos.

Lorsqu'il se réveilla, le vaisseau en était aux manœuvres d'approche de Vhol et Chane rejoignit les quelques Mercenaires qui s'étaient rassemblés autour de l'écran de proue pour observer le monde au-dessus duquel ils orbitaient. A travers les déchirures de la ceinture de nuages, ils apercevaient les océans d'un bleu sombre et comme immobiles et les côtes des divers continents verdoyants.

– On dirait presque la Terre, remarqua Rutledge.

Chane faillit demander : « Ah, oui? » mais se retint à la dernière minute de poser cette question qui l'eût infailliblement trahi.

Au fur et à mesure que la procédure d'atterrissage lui faisait perdre de l'altitude, Bixel fit remarquer : « Cette ville ne ressemble pas aux cités de la Terre, à l'exception peut-être de Venise, mais d'une Venise cinquante fois plus importante. » Le vaisseau approchait d'une côte plate bordée par une multitude de petites îles. La mer s'écoulait entre les îlots par des centaines de canaux naturels (de dimensions modérées) et sur ces îles s'entassaient des bâtiments blancs, composant une cité qui s'étalait à perte de vue. Plus loin, à l'intérieur des terres, là où le sol s'élevait un peu, se dressait un astroport de taille moyenne et, un peu au-delà, des rangées de vastes hangars blancs qui évoquaient des usines ou des dépôts.

– C'est un monde plus avancé que Kharal, constata Rutledge. Regardez, ils ont sur les pistes une demi-douzaine au moins de nefs stellaires de leur cru et toute une flotte de vaisseaux planétaires.

Lorsqu'ils eurent touché le sol et ouvert le sas, Yorolin, le premier, s'adressa dans leur langue à deux jeunes responsables vholiens, aux cheveux blancs. Les officiels de l'astroport paraissaient soupçonneux. L'un d'eux s'adressa en galacto à Dilullo, après que Yorolin l'eut désigné comme étant le capitaine.

– Vous transportez des armes?

– Des spécimens d'armes, corrigea Dilullo.

– Pourquoi les apportez-vous sur Vhol?

Dilullo prit un air outragé : « C'est seulement pour rendre service à votre ami Yorolin que je suis ici! Mais peut-être, par la même occasion, pourrons-nous commercer un peu avec votre monde. »

Les officiels demeuraient courtoisement sceptiques et Dilullo expliqua patiemment :

– Écoutez, nous sommes des Mercenaires et tout ce que nous désirons, c'est gagner notre vie. Nous avons entendu dire qu'il y avait une sorte de guerre dans le secteur, aussi sommes-nous arrivés dans votre système avec quelques spécimens d'armes du tout dernier modèle. Je commence à croire que nous aurions mieux fait de ne jamais venir. Nous débarquons sur Kharal et avant même d'avoir eu le temps de parler affaires, voilà que nous nous faisons refouler simplement parce qu'un de nos gars s'est trouvé mêlé à une bagarre. Si vous aussi, vous ne désirez pas voir ce que nous avons à offrir, très bien, mais dans ce cas pas la peine d'en faire tout un plat!

De nouveau, Yorolin s'adressa dans sa langue à l'officiel vholien, et pour finir celui-ci hocha la tête en signe d'assentiment.

– Très bien, nous vous autorisons à débarquer. Cependant, un garde sera placé à l'extérieur pour s'assurer qu'aucune de ces armes ne quittera votre vaisseau.

Dilullo acquiesça : « D'accord. Je comprends. » Puis il se tourna vers Yorolin : « Maintenant, j'aimerais bien entrer en contact avec un de vos dirigeants susceptible d'être intéressé par des armes du dernier modèle. Mais qui? » Yorolin réfléchit : « Thrandirin devrait être l'homme idéal... Je vais l'avertir immédiatement. »

Dilullo précisa : « Je ne bouge pas d'ici, au cas où il voudrait me joindre », puis il se tourna vers les Mercenaires : « Pendant que nous sommes ici, vous pourrez descendre en ville les uns après les autres. Excepté vous, Chane, bien entendu, ... vous êtes consigné! »

Chane s'y attendait et il vit que les autres Mercenaires manifestaient par un ricanement leur satisfaction. Mais lorsque Yorolin eut compris la situation, il émit d'interminables objections.

– Chane est l'homme qui m'a sauvé, proclamait-il, et je veux que ma famille et mes amis fassent sa connaissance. J'y tiens tout particulièrement.

Chane vit amertume et frustration se dessiner sur le visage de Dilullo et il eut envie de sourire en retour mais s'en retint.

– D'accord, dit d'un ton aigre Dilullo, si vous y tenez à ce point-là...!

Pendant qu'ils attendaient la venue des gardes avant laquelle nul n'était autorisé à quitter le bord, Dilullo trouva l'occasion de s'entretenir en privé avec Chane.

– Vous savez pourquoi nous sommes ici. Nous devons découvrir ce qui se passe dans la Nébuleuse et où ça se déroule. Gardez vos oreilles grandes ouvertes, mais ne paraissez pas trop curieux. Une dernière chose, Chane...

– Oui?

– Je ne suis pas convaincu de la sincérité de la gratitude de Yorolin à votre égard. Il se pourrait bien que les Vholiens tentent d'apprendre par vous le but exact de notre venue. Méfiez-vous!

VII

Ayant beaucoup bu, ils étaient tous très gais et quelque peu éméchés. Deux d'entre eux, même, étaient totalement ivres. Hormis Chane, il y avait là quatre hommes et trois filles, équipage joyeux d'un hydroglisseur surchargé qui, dans le ciel luminescent de la Nébuleuse, allait à l'aventure au fil des canaux encombrés.

Yorolin fredonnait un air allègre que la fille aux côtés de Chane, dont le nom était Laneeah ou quelque chose d'approchant, traduisait au fur et à mesure. La chanson parlait d'amour, de fleurs et de sujets analogues, ce que Chane n'appréciait guère, habitué qu'il était aux chants varniens, légendes à la gloire des combats galactiques ou épopées immortalisant les périls encourus et les butins fabuleux. Pourtant, il aimait bien les Vholiens, dont la planète était la plus extérieure du système et dont le climat plaisamment tropical grâce à son grand éloignement du géant rouge qui en était le soleil, tranchait avec l'aridité désolante de Kharal.

Les canaux respiraient le calme, bras d'eau baignés par une brise chargée du parfum des arbres en fleurs qui en bordaient les deux rives. Ces îles constituaient en fait la zone résidentielle de la cité vholienne et, à l'exception de la villa extraordinairement prétentieuse où Chane avait rencontré les parents et les amis de Yorolin et où la soirée avait débuté, il n'avait rien vu de la ville proprement dite. Il se souvenait de Dilullo lui conseillant d'ouvrir ses deux oreilles, mais il ne pensait pas que ce qu'il pourrait recueillir de la bouche de ses compagnons pourrait être d'une quelconque utilité aux Mercenaires.

– Nous ne voyons pas beaucoup de Terriens par ici, dit Laneeah qui parlait parfaitement le galacto, sinon quelques marchands, de temps à autres.

– Comment nous trouvez-vous? demanda Chane qui s'amusait intérieurement de se voir classer parmi les Terriens.

– Affreux, répondit-elle, avec vos cheveux colorés, même noirs comme les vôtres, et vos visages rouges et bruns mais jamais blancs! Elle fit un petit bruit de dégoût mais sourit néanmoins comme si, en réalité, elle ne le trouvait pas si laid que ça.

Ces propos le ramenèrent soudain sur Varna et il se souvint de Graal, la plus jolie des filles qu'il eût connues là-bas, qui comparait souvent sa fine fourrure dorée à la nudité du Terrien, se moquant de lui.

L'hydroglisseur accosta enfin et, au son d'une musique joyeuse, ils descendirent au cœur d'un jardin de lumières multicolores. Ils se trouvaient au milieu d'une sorte de parc d'attractions. Là, se dressaient de petits bâtiments au toit pointu, avec des guirlandes polychromes accrochées aux arbres en fleurs, et tout une foule de promeneurs oisifs y déambulait. Les Vholiens avaient belle allure dans leurs tuniques aux couleurs vives et ils étaient fiers de leurs chevelures et de leurs corps blancs.

Ils s'assirent dans un massif de fleurs énormes aux teintes de flamme et se remirent à boire du vin fruité de Vhol. Yorolin frappa du poing la table, s'adressant avec passion à Chane : « Comme vous, c'est dans le haut espace que je devrais être, pas en train de moisir à bord d'un misérable croiseur planétaire! »

Son visage était congestionné par le vin et Chane lui-même commençait à en ressentir les effets; il se dit qu'il devrait se modérer un peu.

– Eh bien, pourquoi n'y êtes-vous pas? demanda-t-il à Yorolin. Vhol possède des nefs stellaires; j'en ai d'ailleurs vu sur l'astroport.

– Oui, mais en nombre limité, expliqua Yorolin, et c'est à l'ancienneté que l'on peut espérer s'y voir affecter; mais un de ces jours je compte bien...

– Oh, arrêtez de parler étoiles et venez plutôt vous amuser un peu, protesta Laneeah, autrement, Chane et moi nous vous laissons tomber.

Ils reprirent leur promenade, entrant çà et là. Dans l'esprit de Chane il n'en restait qu'un kaléidoscope d'impressions : jongleurs jouant avec des clochettes d'argent, fleurs qui jaillissaient en quelques secondes d'une graine pour se transformer presque instantanément en plantes géantes qui se recourbaient au-dessus de leurs têtes, du vin encore, puis des danseuses et de nouveau du vin... Ce fut dans le dernier établissement, une longue pièce basse éclairée par des torchères et tapissée de rouge flamboyant que Yorolin, parcourant la salle des yeux, s'exclama : « Un Pyam ! Je n'en avais pas vu depuis des années. Venez Chane, voilà qui vous fera un bon souvenir à raconter plus tard... »

Il entraîna Chane à travers la salle, laissant les autres trop occupés à bavarder.

A une table se tenait un Vholien corpulent et, attaché au poignet de l'homme par une mince chaîne, une bizarre créature. Cela ressemblait à une sorte de petite marionnette jaune en forme de navet, avec deux jambes fluettes et une tête en pointe fixée directement sur le corps, des yeux minuscules et papillotants et une bouche miniature de nouveau-né.

– Peut-il s'exprimer en galacto? demanda Yorolin. L'homme à la chaînette confirma d'un hochement de tête. « Oui, et d'ailleurs cela me rapporte pas mal d'argent de la part des étrangers de passage. »

– Qu'est-ce donc que cette bestiole? s'enquit Chane.

Yorolin eut un sourire : « Il n'est pas apparenté au genre humain, bien qu'il en ait vaguement l'aspect. C'est un habitant très rare de nos forêts... Il possède un certain degré d'intelligence et surtout un assez remarquable pouvoir. » Il s'adressa au Vholien : « Faites donc à mon ami la démonstration du talent de votre Pyam. »

Le Vholien s'adressa à la créature dans son propre

dialecte. Celle-ci se retourna, fixa Chane et son regard papillotant avait quelque chose d'inquiétant.

– Oh, oui, dit-elle, d'un ton mécanique de perroquet. Oh, oui. Je peux voir bien des choses dans sa mémoire. Je vois sur une planète étrange des hommes au pelage doré qui courent en riant vers de petits vaisseaux. Oh, oui, je peux voir...

Brusquement alarmé, Chane venait de réaliser en quoi consistait l'étrange talent du Pyam. Celui-ci pouvait lire dans les esprits et sonder les mémoires pour ensuite, d'un ton grinçant, tout dévoiler. Dans quelques instants, ce qu'il allait révéler signerait son arrêt de mort.

– Qu'est-ce que c'est que cette foutaise? interrompit bruyamment Chane. Il s'adressa au propriétaite de l'animal : Cette bête est-elle télépathe? Si c'est le cas, je la mets au défi de deviner ce à quoi je suis maintenant en train de penser!

Puis Chane se retourna pour fixer le Pyam et pendant tout ce temps, avec une intensité féroce, il concentrait son esprit sur cette seule pensée : « *Si tu lis encore dans mon esprit je vais te tuer, instantanément et sur-le-champ.* » Il y mit toute sa volonté, s'efforçant passionnément de convaincre l'animal de sa détermination.

Les yeux du Pyam papillotèrent : « Oh, oui, je peux voir », grinça-t-il. « Oh, oui... »

– Oui? dit Yorolin.

Les yeux clignotants du Pyam restaient rivés sur Chane. « Oh, oui... Je peux voir... rien. Rien. Oh, oui... »

Le propriétaire de l'animal paraissait confondu.

– C'est la première fois que ma bête échoue.

– Peut-être ses pouvoirs sont-ils sans effet sur les Terriens, suggéra Yorolin en riant.

Il donna une pièce à l'homme et ils s'éloignèrent.

– Désolé, Chane, je pensais que cela aurait pu être intéressant pour vous...

Intéressant, songeait Chane. *En fait, tout cela n'était-il pas prémédité? Ne m'avez-vous pas conduit ici sachant fort bien que cette créature s'y trouverait de façon à pouvoir faire sonder mon cerveau?*

Maintenant, il était rempli de méfiance. Il se souvenait des avertissements de Dilullo, avertissements qu'il avait jusque-là presque totalement négligés. Il n'en laissa rien paraître sur son visage mais revint à la table en compagnie de Yorolin et se remit à boire et à rire avec les autres. Il réfléchit, puis, après avoir fait d'un coup d'œil négligent l'inspection de la pièce, prit une décision. S'arrangeant pour que nul ne l'ignore, il commença ostensiblement à boire de plus en plus.

– Allez-y doucement, conseilla Laneeah, ou vous ne terminerez pas la soirée.

Chane lui sourit. « L'espace interstellaire n'a guère de bons vignobles et un homme s'y dessèche épouvantablement le gosier. »

Il continua à boire et commença à se comporter comme un individu passablement ivre. Sa tête résonnait un peu mais il n'était pas du tout soûl et gardait un œil sur le Vholien avec le Pyam, de l'autre côté de la salle. Quelques personnes s'étaient d'ailleurs attroupées autour d'eux et le Pyam était en train de couiner; les badauds s'éloignèrent après avoir donné quelques pièces.

Le propriétaire de l'animal, soulevant alors son compagnon, le prit sous le bras comme un enfant qui a grandi trop vite et quitta la salle. Il sortit par la porte de derrière, comme l'avait espéré Chane.

Celui-ci laissa passer quelques instants puis se leva en titubant. « Je reviens dans un instant », dit-il, d'une voix épaisse en se dirigeant vers la porte du fond comme s'il cherchait les toilettes.

Il entendit rire Yorolin qui disait : « Il semble que notre ami ait sous-estimé les vertus des vins de Vhol ! »

Chane, arrivé au fond de la salle, jeta un rapide regard pour s'assurer que personne ne l'observait. Il se glissa furtivement par l'issue de secours et déboucha sur une allée obscure.

De loin, il distingua la silhouette trapue du Vholien qui descendait l'allée. Il s'élança à sa poursuite, courant sur la pointe des pieds en longues foulées silencieuses. Mais apparemment le Pyam avait senti sa présence, car il se mit à piailler et l'homme pivota rapidement sur lui-même. D'un gauche, Chane le frappa à la pointe du menton. Il n'appuya pas les coups de toute sa force, ce qu'il jugea d'ailleurs parfaitement stupide. Néanmoins, il ne tenait pas à rejoindre Dilullo en lui annonçant qu'il venait de tuer quelqu'un. L'homme s'écroula, entraînant avec lui le Pyam enchaîné qui se mit à gémir désespérément.

« *Reste calme! Garde le silence et je ne te ferai pas de mal* », pensa Chane.

La créature se tut, se recroquevillant autant que ses absurdes petites jambes le lui permettaient.

Chane se saisit alors du bout de la chaîne toujours tenue par le Vholien inconscient et traîna sa victime dans un coin sombre entre deux annexes du bâtiment principal. Le Pyam émit un petit son plaintif. Chane lui caressa doucement son crâne pointu et pensa : « *On ne te fera pas de mal. Dis-moi, ton propriétaire avait-il été payé pour t'amener ici aujourd'hui?* »

– Oh, oui, dit le Pyam. Des pièces d'or. Oui.

Chane réfléchit quelques secondes, puis demanda mentalement : « *Peux-tu lire les pensées de quelqu'un se trouvant à une certaine distance? A travers une pièce par exemple?* » Le couinement du Pyam, malgré un début affirmatif, trahissait son incertitude : « Oh, oui. A condition cependant que je puisse voir son visage. »

« *Parle doucement maintenant,* pensa Chane. *Murmure. Pas de bruit, pas de mal* ».

Emportant le Pyam, il revint vers la porte de la taverne et l'entrouvrit.

« *L'homme installé à la table du fond* », pensa-t-il, « *l'homme que je regarde.* » Et Chane fixait son regard sur Yorolin.

Le Pyam se mit à couiner discrètement avec des précautions de conspirateur.

– Oh, oui... Est-ce que Chane se doute de quelque chose? Comment le pourrait-il, mais il m'a semblé pourtant... De toute façon, ça n'a pas marché et je devrai rendre compte à Thrandirin et lui dire que je n'ai pu obtenir confirmation de nos soupçons; nous ne pouvons pas courir de risques... Qu'est-ce que Chane peut bien fabriquer là-bas? Est-il malade? Je ferais peut-être bien d'y aller voir...

Chane, silencieusement, rejoignit l'obscurité complice de l'allée. Les petits yeux papillotants du Pyam le considéraient craintivement.

– *Ils m'ont dit que tu venais de la forêt,* pensa Chane. *Voudrais-tu y retourner?*

– Oh, oui, oui!

– *Si je te libérais, pourrais-tu y parvenir?*

– Oh oui, oh oui, oh oui, oh oui...

– *Ça suffit,* pensa Chane. Il ôta la chaînette et posa le Pyam sur le sol. *Très bien. Vas-y, mon petit!*

Le Pyam, en se dandinant, disparut promptement dans l'obscurité. Chane était persuadé qu'avec son pouvoir télépathique la prévenant infailliblement des embûches, la petite créature avait toutes ses chances.

Il fit demi-tour et revint sur ses pas. Yorolin se faisait du souci pour lui et il ne devait pas faire attendre son si cher et si reconnaissant ami...

VIII

Comme suspendue dans le ciel, l'énorme nef stellaire descendait majestueusement vers l'astroport, resplendissante et magnifique sous la luminosité de la Nébuleuse. Puis elle se posa lentement sur la partie de la piste réservée aux appareils militaires de Vhol.

Dans la cabine de pilotage du petit vaisseau des Mercenaires, Dilullo et Bixel, le responsable du radar, se dévisagèrent mutuellement, stupéfaits.

– Ce n'est pas un vaisseau de combat. C'est un cargo ravitailleur parfaitement ordinaire. Que fait-il donc dans l'enceinte militaire?

– Il accoste, répondit Dilullo qui se penchait sur l'épaule de Bixel pour lire le sondeur et observer l'écho radar.

– Sa trajectoire d'approche s'est faite sous un angle de 50°, annonça Bixel.

Dilullo acquiesça, le visage durci par l'éclairage feutré des cadrans de contrôle.

– Ainsi, il ne vient pas de la Nébuleuse...

– Non, à moins qu'il ne se soit arrangé pour faire un grand détour.

– C'est bien ce que je pense. Ils pourraient très bien aller et venir par différents itinéraires en choisissant volontairement des trajectoires fantaisistes pour éviter que l'on puisse retracer leur course.

– Effectivement, ils le pourraient, reconnut Bixel, et ça nous conduirait droit à une impasse. Ne pourrions-nous pas en revenir à l'idée première selon laquelle ils jouent loyalement le jeu? Je me sentais beaucoup plus heureux ainsi.

– Moi aussi. Seulement il doit y avoir de bonnes raisons pour qu'un cargo très ordinaire atterrisse sur une base militaire hautement surveillée. Bien sûr, il peut s'agir de quelque chose d'entièrement différent... mais si jamais ils rapportaient de la Nébuleuse quelque objet d'importance, c'est ici qu'ils l'entreposeraient. Il se redressa : Continuez à noter départs et arrivées, peut-être pourrons-nous ainsi commencer à y voir clair.

Il abandonna le poste de contrôle trop exigu et descendit à la salle des Archives, pièce encore plus minuscule, pour y rechercher la liste des prix, des stocks disponibles et des caractéristiques des armements qu'il avait à proposer. Personne ne paraissait particulièrement se soucier de ses armes, ne serait-ce que pour en parler, mais si les Vholiens détenaient vraiment un engin fabuleux au cœur de la Nébuleuse, il était évident que ses offres de fournitures n'étaient guère de nature à les passionner. Néanmoins, il tenait à être prêt pour le cas où l'on ferait appel à lui.

Un peu plus tard, Rutledge l'appela et Dilullo, empochant les microfilms, se rendit au sas d'accès. Rutledge lui désigna de la main un glisseur imposant qui fonçait droit vers eux à travers les pistes de l'astroport. Ces machines, en effet, étaient également munies de roues et se déplaçaient tout aussi bien sur terre que sur l'eau.

Un officier vholien et un civil en descendirent, accompagnés d'une escouade de soldats. Ils se dirigèrent vers le vaisseau des Mercenaires. Le civil était un individu d'âge moyen, trapu et corpulent, avec un maintien et un visage d'homme habitué à commander. Il s'avança vers Dilullo et l'examina d'un air froid.

– Mon nom est Thrandirin et je fais partie du gouvernement, annonça-t-il. La tour de contrôle vient de me signaler que vous avez utilisé votre radar.

Dilullo jura intérieurement mais garda le visage impassible et la voix tranquille. « Bien sûr, à chaque escale nous vérifions toujours notre équipement radar. »

– Je crains, dit Thrandirin, que nous ne soyons obligés de vous demander, à vous et à vos hommes, de vivre hors de votre vaisseau durant votre séjour et de ne remonter à bord que sous escorte.

– Un instant, répliqua Dilullo d'un ton furieux. Vous ne pouvez pas faire ça juste parce que nous avons testé notre radar !

– Vous auriez pu suivre les départs de nos vaisseaux de guerre, rétorqua Thrandirin, et nous sommes en état de guerre avec Kharal. Les mouvements de notre flotte constituent un secret militaire...

– Oh, allez au diable, vous et votre guerre avec Kharal ! gémit Dilullo. Dans votre histoire, la seule chose qui m'intéresse, c'est l'argent !

Cela était d'ailleurs parfaitement exact. Il sortit de sa poche les microfilms et se mit à les secouer dans le creux de sa main.

– Je suis ici pour vendre des armes. Je me moque de savoir qui les utilisera, contre qui et de quelle façon ! Les Kharalis nous ont dit non, franchement, et nous ont éjectés. J'aimerais bien que vous autres, Vholiens, soyez aussi honnêtes. Voulez-vous de nos armes, oui ou non ?

– L'affaire est encore en discussion, expliqua Thrandirin.

– C'est le langage administratif universel pour dire qu'un jour ou l'autre une décision sera peut-être prise. Combien de temps sommes-nous censés devoir patienter ?

Le Vholien haussa les épaules : « Jusqu'à ce que nous soyons arrivés à un accord. En attendant, vous évacuerez sur l'heure votre nef. Il y a des auberges convenables dans le quartier de l'astroport. »

– Oh non ! fulmina Dilullo. Fichtre non ! Je rappelle immédiatement mes hommes et nous partons. La vue de Vhol s'éloignant sera la meilleure que nous ayons eue jusque-là !

La voix de Thrandirin se fit soudain glaciale.

– Je regrette que nous ne puissions pas présentement vous autoriser à décoller... peut-être pas avant quelques jours.

Dilullo eut le sentiment que le filet se refermait doucement sur eux : « Guerre ou pas, vous n'avez légalement pas le droit de nous retenir si nous voulons quitter le système. »

– C'est seulement pour vous protéger, poursuivit Thrandirin. Nous avons eu vent de la présence d'une flottille de Loups des étoiles dans l'amas et ces pillards sont signalés dans nos parages.

Dilullo fut franchement décontenancé. Il avait complètement oublié les propos de Chane affirmant que ses anciens camarades n'abandonneraient pas aisément la chasse qu'ils lui faisaient.

D'un autre côté, visiblement, Thrandirin se servait de l'alerte provoquée par la présence des Loups des étoiles, pour motiver officiellement son interdiction d'envol. Dilullo doutait fort, en voyant le visage morne et froid du Vholien, de sa répugnance à mettre en danger la vie de tous les Mercenaires de la création... Il réfléchit rapidement. Il n'y avait actuellement aucun moyen de passer outre aux ordres et la pire gaffe qu'il pourrait commettre serait de faire un esclandre, car cela n'aboutirait qu'à confirmer les soupçons existants.

– Bon. Très bien, dit-il amèrement. C'est une histoire ridicule et, du coup, notre vaisseau va être laissé sans surveillance...

– Je peux vous assurer, continua tranquillement Thrandirin, que votre vaisseau sera en permanence gardé de près.

Dilullo se dit qu'il s'agissait d'un avertissement voilé, mais il laissa passer la chose. Il remonta à bord pour réunir les Mercenaires présents et leur expliquer la situation.

– Vous feriez bien de prendre quelques affaires, ajouta-t-il, car il se peut que nous ayons quelques jours à passer dans la Rue des Étoiles.

La Rue des Étoiles, ce n'était pas tant un lieu qu'un nom. Celui qu'invariablement tous les hommes de l'espace donnaient à la rue proche de l'astroport où ils pouvaient trouver gîte et distractions. La Rue des Étoiles de Vhol n'était guère différente de celles des nombreux autres mondes que Dilullo avait jusque-là connus. Il y avait de la musique, des lumières, de la nourriture, des boissons et, évidemment, des femmes... C'était un endroit animé, haut en couleurs, mais qui n'avait rien d'un lieu de perdition, car la plupart des astronautes n'avaient jamais entendu parler de la morale judéo-chrétienne et ignoraient jusqu'à la notion même de péché. Dilullo n'eut pas la tâche facile pour garder avec lui ses hommes pendant qu'il recherchait une auberge décente.

De la façade en plein vent de son établissement, où paradaient des filles de diverses couleurs et d'au moins trois formes différentes, une femme bien en chair, à la peau vert pâle et aux yeux de braise, les héla : « Terriens! Vous découvrirez ici les quatre-vingt-dix-neuf joies de l'univers. Entrez! Entrez! »

Dilullo fit non de la tête.

– Quant à moi, Mère, c'est la centième joie que je recherche.

– Et quelle est donc cette centième joie?

Dilullo répliqua d'un ton acerbe : « La joie de s'asseoir tranquillement et de lire un bon livre. »

A ses côtés, Rutledge se plia de rire tandis que, d'une voix perçante, la tenancière se mettait à l'abreuver d'insultes en galacto.

– Vieux débris, cria-t-elle. Vieille charogne desséchée de Terrien! Passe ton chemin, vieillard infirme!

Dilullo haussa les épaules et les malédictions les poursuivirent pendant qu'ils arpentaient la rue bruyante. « Je ne sais trop si elle a raison, mais je me sens bigrement vieux et pas particulièrement malin. »

Il dénicha une auberge qui paraissait suffisamment propre et se mit à y marchander des chambres. La grande salle commune était vide et obscure, les clients l'ayant apparemment désertée pour goûter aux joies que Dilullo venait de repousser. Il s'assit avec ses hommes et commanda du cognac vholien, puis se retourna vers Rutledge.

– Vous retournez au vaisseau. Les gardes ne vous y laisseront peut-être pas monter mais attendez à proximité et, au fur et à mesure que nos gars rentrent de bordée, indiquez-leur où nous sommes installés.

Rutledge acquiesça et s'éloigna, tandis que Dilullo et les autres buvaient en silence leur cognac.

Au bout d'un moment, Bixel demanda :

– Qu'est-ce qui se passe John? Sommes-nous flambés?

– Pas encore, répondit Dilullo.

– Peut-être n'aurions-nous jamais dû venir sur Vhol?

Dilullo encaissa la critique sans broncher. Les Mercenaires étaient des hommes à l'esprit démocratique et s'ils obéissaient aux ordres de leur chef, quand ils en avaient l'impression ils ne se gênaient pas pour lui dire qu'il s'était trompé. Or, un capitaine qui se trompait trop souvent et qui terminait trop de missions les mains vides avait vite de grosses difficultés à trouver des hommes prêts à le suivre.

– Cela m'a paru être notre meilleure chance, expliqua-t-il. Nous ne serions pas allés loin en fonçant à l'aveuglette dans la Nébuleuse à la recherche d'une aiguille dans une meule de foin de cette taille. Vous savez sur combien de parsecs s'étend la Nébuleuse?

– Oui. C'est un problème, proclama Bixel qui, sur cette monumentale lapalissade, abandonna la discussion.

Plus tard, les autres Mercenaires commencèrent à rentrer, la plupart d'entre eux parfaitement dégrisés. Sekkinen transmit un message de Rutledge resté à l'astroport.

– Rutledge m'a chargé de vous prévenir que les Vholiens venaient de décharger du matériel du cargo posé sur la base militaire. Il a pu observer le débarquement à travers les grilles. Ils ont transporté discrètement plusieurs caisses dans les hangars.

– Ah! Bien! remarqua Dilullo. Et il ajouta : Voilà qui rend les choses encore plus intéressantes!

La venue de Bollard le réjouissait. En dépit de sa

graisse et de son aspect négligé, Bollard restait de loin le plus capable de ses hommes et c'est bien souvent qu'il avait été lui-même chef de mission.

Lorsque Bollard eut été mis au courant des événements, il réfléchit un moment et annonça : « Je crois que nous sommes coincés. Pour moi, je suis d'avis que nous filions de Vhol dès que possible en gardant nos trois pierres de lumière. Peut-être aurons-nous plus de veine la prochaine fois. » Son point de vue se défendait parfaitement. Avec les Vholiens sur leurs gardes, tenter la moindre chose risquait de se révéler particulièrement hasardeux. La ligne de conduite de Bollard était parfaitement justifiée.

L'ennui résidait en ce que Dilullo n'appréciait nullement de se voir tenu en échec. En outre, il ne pouvait pas se le permettre. S'il se cassait la figure avec ce boulot, pour lui cela risquait à brève échéance, de signifier le commencement de la fin de sa carrière de commandant de Mercenaires. Pour un chef de Mercenaires, il commençait à se faire vieux. Jusque-là, en raison de ses états de service, personne ne s'en était beaucoup soucié, mais Dilullo lui-même n'ignorait pas le problème. Peut-être même avait-il trop ruminé la question. Il en était venu à la conclusion qu'à son âge, un échec bien retentissant, tel celui qui le guettait aujourd'hui, suffirait à faire dire que désormais il n'était plus à la hauteur... Oh, ils le diraient sans méchanceté et même avec regret. Ils raconteraient quel type il avait été dans le bon vieux temps. Cependant, ils le diraient bel et bien...

– Écoutez, confia-t-il à Bollard, tout n'est pas entièrement perdu. Pas encore, du moins. D'accord, nous ne pouvons plus nous servir du radar pour relever des indices sur notre future destination. Cependant, il reste une autre possibilité. Une nef civile vient de se poser dans la zone militaire de l'astroport, un cargo, pas un vaisseau de guerre. Il n'aurait certainement pas atterri là si sa venue n'avait été particulièrement importante.

Bollard fronça les sourcils. « C'est sans doute un vaisseau ravitailleur chargé d'assurer l'approvisionnement de ceux qui travaillent quelque part dans la Nébuleuse. Mais en quoi cela peut-il être utile? »

– Ça ne nous avancerait à rien si le cargo se contentait d'embarquer vivres et matériels avant de prendre le large... puisque nous sommes dans l'impossibilité de le suivre... Or, il transportait quelque chose dans ses soutes. Rutledge a pu voir l'équipage s'empresser de transborder tout ça dans les hangars militaires.

– Continuez, dit Bollard qui l'observait d'un œil froid.

– Si seulement nous réussissions à jeter un œil au contenu de ces caisses... et à en effectuer aussi un balayage à l'analyseur... Quelque chose que nous pourrions ensuite comparer aux archives galactographiques afin d'en déterminer le point d'origine... Ça nous donnerait sans doute une idée de ce qu'ils sont en train de manigancer là-bas et peut-être cela nous permettrait-il aussi de les localiser...

– Peut-être bien que oui, peut-être bien que non, dit Bollard. Mais il y a un problème majeur : comment parvenir à pénétrer puis à ressortir de leur entrepôt? Avec tous leurs systèmes de sécurité, voilà qui risque fort de se révéler impossible!

– Peut-être, reconnut Dilullo, mais ce n'est pas certain. Quelqu'un consent-il à se porter volontaire?

Leurs mines lugubres et leurs propos amers et dénués d'équivoque répondirent pour eux...

– Alors, on va appliquer la vieille loi des Mercenaires, annonça Dilullo. Lorsque personne ne se présente pour faire un sale boulot, celui-ci revient automatiquement au dernier homme qui a enfreint les règlements.

Un beau sourire apparut sur la face de lune de Bollard. « Mais évidemment, zézaya-t-il. Morgan Chane est tout désigné! »

IX

Chane, étendu sur le dos, contemplait le ciel de la Nébuleuse, laissant sa main pendre dans l'eau tandis que le glisseur filait silencieusement le long des canaux.

– Allez-vous dormir? lui demanda Laneeah.

– Non.

– Vous avez épouvantablement bu.

– Je vais très très bien maintenant, assura-t-il.

Il se sentait en pleine forme mais restait constamment sur ses gardes. Jusque-là, Yorolin n'avait rien fait d'autre que de continuer à boire, devenant de plus en plus amical et expansif, mais le bref coup d'œil que le Pyam lui avait permis sur l'esprit de son hôte avait suffit à Chane.

Ils étaient allés d'attraction en attraction et, à présent, Yorolin voulait que Chane contemple un spectacle baptisé le Repas des Dorés. Chane en avait déduit qu'il s'agissait sans doute de créatures marines dont le repas constituait une attraction consacrée, mais voir nourrir des poissons ne l'enthousiasmait guère et, devant cette perspective, il s'était arrangé pour séparer Laneeah des autres et l'entraîner dans une promenade en glisseur le long des îles. Yorolin n'avait fait aucune objection et, du coup, Chane avait trouvé la chose louche.

– Combien de temps demeurerez-vous sur Vhol, Chane?

– C'est difficile à dire.
– Mais, reprit Laneeah, si vous n'êtes venus ici que pour vendre des armes, cela devrait aller vite, n'est-ce pas?
– Je vais vous confier quelque chose, annonça Chane. Nous avions en tête un autre but en venant ici. Mais peut-être ferais-je mieux de me taire...
Intéressée, elle se pencha vivement vers lui, son visage finement dessiné se détachant sur l'horizon lumineux de la Nébuleuse.
– Quel autre but poursuivez-vous donc? interrogea-t-elle. Vous pouvez bien me le dire.
– D'accord, céda-t-il. Je vais vous le dire. Nous sommes venus ici pour... capturer toutes les jolies femmes que nous rencontrerons.
Et il la saisit par la taille et l'allongea à côté de lui.
Laneeah poussa un cri perçant : « Vous me brisez le dos! » En riant, il relâcha un peu son étreinte, et elle s'écarta de lui. « Est-ce que tous les Terriens sont aussi forts que vous? »
– Non, reconnut Chane. On pourrait dire que je suis un cas spécial...
– Spécial? dit-elle avec mépris, et elle le gifla. Vous êtes comme tous les Terriens. Repoussant. Horriblement repoussant.
– Vous vous y ferez, affirma-t-il sans la lâcher.
Ayant dépassé les îles les plus éloignées du rivage, le glisseur filait vers la haute mer sous le ciel phosphorescent. L'océan s'étalait devant eux comme un drap d'argent fripé. Des bribes de musique rythmée leur parvenaient depuis les lumières de l'île des plaisirs.
Soudain, il y eut une explosion sourde en direction du rivage, puis quelques secondes plus tard, un flac feutré tout proche du glisseur. Le phénomène se répéta et, brusquement affolée, Laneeah se redressa d'un bond.
– Ils ont commencé à nourrir les Dorés! cria-t-elle.
– Oh, tant pis, nous manquerons ça... répondit Chane.

– Vous ne comprenez pas... Nous avons dérivé et nous sommes maintenant en pleine zone de pâture! Regardez!...

De nouveau, Chane entendit un claquement assourdi et il repéra une énorme masse sombre qui venait d'être catapultée de l'île des plaisirs. Le projectile tomba à quelques brasses à peine du glisseur et remonta à la surface. Ainsi, Chane put se rendre compte qu'il s'agissait d'une sorte de fourrage sombre et fibreux.

– Même si l'une des bottes nous atteint, nous ne risquons pas d'être blessés, commença-t-il, mais Laneeah l'interrompit par ses hurlements.

A droite de l'hydroglisseur la mer se mit à bouillonner furieusement. La légère embarcation se mit à tanguer et à prendre de la gîte, puis il y eut un grondement terrifiant produit par le bruit d'une énorme masse d'eau violemment déplacée...

Une colossale tête jaune creva la surface de la mer. Ruisselante, large de plus de dix pieds, elle évoquait un étincelant dôme d'or. Une gueule démesurée s'ouvrit pour happer d'un seul coup la botte de fourrage fibreux. Puis l'animal se mit à mâchonner bruyamment, ses énormes yeux ronds parfaitement stupides.

Chane constata alors que d'autres têtes émergeaient tout autour d'eux dans la zone de catapultage. Des corps gigantesques et dorés, munis d'ailerons curieux en forme de bras, des mastodontes qui auraient ravalé la baleine au rang d'anchois s'ébrouaient et s'affrontaient chaque fois que des masses de fourrage fibreux expédiées du rivage s'abattaient parmi eux. Laneeah continuait à crier. Chane vit que le monstre le plus proche d'eux, ayant englouti sa botte de fourrage, se dirigeait droit sur l'hydroglisseur. Il n'était que trop évident que l'énorme brute sans cervelle prenait le bateau pour une ration particulièrement copieuse de fourrage et qu'il s'apprêtait à le dévorer. Il se saisit de la pagaie de secours placée au fond de l'hydroglisseur et frappa de toutes ses forces le sommet du crâne arrondi et ruisselant de la bête.

– Remettez le moteur en route et filons d'ici! cria-t-il à Laneeah sans se retourner.

Il levait de nouveau la pagaie pour administrer un autre coup au léviathan, mais le Doré, au lieu de charger, ouvrit sa vaste gueule pour beugler piteusement.

Chane éclata de rire. Certainement que de toute son existence le léviathan n'avait jamais été frappé car il braillait comme un enfant qui a reçu une gifle.

Il tourna la tête, riant toujours, et dit à Laneeah : « Nom d'un chien, cessez de crier et démarrez! »

Elle n'avait évidemment pas pu l'entendre dans ce beuglement gargantuesque, mais la vue de Chane en train de rire parut la sortir de sa crise d'hystérie. Elle mit en route le petit moteur et l'hydroglisseur s'éloigna.

L'engin embarquait, tanguait, se penchait sur les vagues créées par les ébats des Dorés. A deux reprises encore, l'une des créatures les prit pour un plat de résistance, fonçant sur eux, et à chaque fois Chane asséna un coup de pagaie. Il avait certainement vu juste : personne jamais n'avait osé toucher ces colosses, car si physiquement ceux-ci n'étaient guère affectés par les coups, le choc et la surprise semblaient les paralyser totalement.

Ils rejoignirent l'île des plaisirs et Yorolin et les autres accoururent à leur rencontre. Laneeah, les yeux pleins de larmes, pointa un doigt accusateur vers Chane : « Il a ri. »

Yorolin s'exclama : « Vous auriez pu vous faire tuer! Comment avez-vous fait pour dériver par là? »

Chane préféra ne pas entrer dans les détails. Il dit à Laneeah : « Je suis désolé, mais la surprise idiote de ces bestiaux était si drôle! »

Yorolin secoua la tête : « Vous ne ressemblez pas aux Terriens que j'ai déjà rencontrés. Il y a en vous quelque chose de sauvage. »

Chane ne tenait pas à voir Yorolin poursuivre plus loin dans cette voie et il proclama :

– Voilà qui mérite un verre pour nous remettre de nos émotions.

Ils en burent quelques autres, puis d'autres encore, et lorsqu'ils déposèrent Chane à l'astroport, ils formaient tous une bande joyeuse et bruyante et Laneeah avait presque, sinon tout à fait, pardonné à Chane.

Rutledge intercepta Chane avant qu'il rejoigne le vaisseau. « C'est gentil à vous de vous pointer si tôt, dit-il. Ça fait des heures que je suis ici, à vous attendre. Mais sans doute vous en fichez-vous totalement ! »

– Qu'est-il arrivé? demanda Chane.

Rutledge le lui expliqua alors qu'ils se dirigeaient vers la Rue des Étoiles encore toute illuminée et où l'on menait toujours grand tapage. Puis Rutledge s'arrêta à un bistrot pour soigner son ennui et Chane se dirigea seul vers l'auberge.

Il trouva Dilullo assis à l'écart dans un coin de la salle commune, avec un verre de cognac à demi-plein devant lui, et qui lui annonça :

– Vos vieux amis les Loups des étoiles sont toujours à vos trousses, Chane.

Chane acquiesça : « Je n'en suis pas surpris. Ssander avait deux frères dans la flottille. Ils ne retourneront pas à Varna avant d'avoir pu contempler mon cadavre. »

Dilullo, qui l'observait pensivement, s'étonna : « Ça ne semble pas vous inquiéter beaucoup... »

Chane sourit : « Les Varnans ne s'inquiètent jamais. Si vous devez affronter un ennemi, vous essayez de le tuer en espérant y réussir, mais s'inquiéter avant l'heure n'a jamais rendu service à personne. »

– Parfait, conclut Dilullo. Mais quant à moi, je suis inquiet. Inquiet à l'idée de rencontrer des Varnans, inquiet à propos des Vholiens et de ce qu'ils mijotent car ils se méfient sérieusement de nous.

Chane acquiesça, racontant à Dilullo l'épisode du Pyam et de Yorolin. Il ajouta avec un haussement d'épaules : « Si notre mission échoue, elle échoue. Pour le reste, je préfère de loin les Vholiens aux Kharalis. »

Dilullo le regarda du coin de l'œil : « Moi aussi, et de très loin. Mais les sentiments ne font rien à l'affaire. »

– Comment?

– Eh bien, je vois deux choses : d'une part, lorsqu'un Mercenaire entreprend un boulot, il va jusqu'au bout; d'autre part, il ne faut pas oublier que ces Vholiens si sympathiques sont en train de mener une guerre de conquête contre Kharal.

– Et alors? La conquête de Kharal serait-elle si néfaste? demanda Chane en souriant.

– Peut-être pas aux yeux d'un Loup des étoiles, mais un Terrien considère différemment la situation, précisa Dilullo. Il but son cognac et poursuivit : Je vais vous dire quelque chose. Vous autres Varnans considérez les raids et les conquêtes comme une distraction. D'autres planètes – des quantités d'autres – jugent les conquêtes comme un acte juste et nécessaire. Mais il y a un monde qui n'apprécie pas les conquêtes et c'est la pacifique Terre...

Il reposa son verre : « Savez-vous pourquoi il en est ainsi, Chane? C'est parce que la Terre a été pendant des millénaires un globe voué à la guerre et aux conquêtes. Notre peuple a plus oublié de l'art de se battre qu'aucune d'entre vous n'en apprendra jamais. Nous avons trop longtemps été plongés dans les conquêtes, c'est pourquoi désormais nous n'y trouvons plus guère d'intérêt. »

Chane restait silencieux. Dilullo reprit :

– Ah, à quoi cela peut-il servir de vous parler ainsi? Vous êtes jeune et vous avez reçu une éducation détestable. Moi, je ne suis plus jeune, aussi plaise au ciel que je retourne un jour à Brindisi.

– C'est une ville de la Terre? s'enquit Chane.

Dilullo hocha la tête d'un air morose. « C'est un coin au bord de la mer et le matin vous pouvez voir le soleil émerger des brumes de l'Adriatique. C'est là que je suis né et que j'ai ma maison. Il n'y a qu'un ennui : c'est un endroit où vous pouvez facilement crever de faim. »

Chane au bout d'un moment parla à son tour : « Je me souviens d'où venaient mes parents sur Terre. C'était du Pays de Galles. »

– J'y suis allé, fit Dilullo. De noires montagnes, de sombres vallées, des gens qui chantent avec des voix d'anges et qui ont un cœur d'or. Mais le jour où vous les poussez à bout, ils sont alors pires que des chats sauvages. Peut-être tenez-vous autant d'eux que des Varnans.

Quelques instants plus tard, Chane constata : « Pour le moment, c'est le match nul. Nous n'avons rien pu découvrir sur eux ni eux sur nous. Que décidons-nous maintenant ? »

– Demain, précisa Dilullo, je vais leur faire le grand jeu pour essayer à tout prix de leur vendre des armes.

– Et en ce qui me concerne ?

– Vous, répondit Dilullo, vous, mon ami, vous allez devoir imaginer comment réussir l'impossible et le réussir vite, proprement, sans être vu et encore moins pris !

– Hum, répliqua Chane, voilà qui devrait m'occuper une heure ou deux, mais ensuite ?

– Ensuite, vous ferez la pause. Ça vous permettra de méditer sur vous-même.

Il poussa la bouteille de cognac de l'autre côté de la table : « Prenez place. J'ai à vous parler de cette mission impossible. »

Lorsque Dilullo eut terminé, Chane le regardait presque avec crainte : « Voilà qui pourrait même me prendre trois heures. Vous avez fichtrement confiance en moi, Dilullo. »

Dilullo eut un rictus découvrant le blanc de ses dents. « C'est la seule raison pour laquelle vous êtes encore en vie, dit-il, et vous serez dans le même pétrin que nous si vous me faites faux bond. »

X

La nuit suivante, allongé dans l'herbe assez loin de l'astroport militaire, Chane en étudiait les éclairages. Dans une main, il avait un rouleau de tissu fin et neutre de six pieds de long. De l'autre, il agrippait solidement un collier passé au cou d'un snokk.

Le snokk était à la fois furieux et effrayé. Ces animaux ressemblaient un peu à des wallabys à fourrure ou à de petits kangourous. Cependant, ils avaient un naturel proche de celui du chien et, dans certains quartiers de la ville, couraient volontiers en bandes. Celui qu'il tenait en laisse n'était pas à son aise car un capuchon de cuir lui recouvrait complètement la tête. Il essayait avec acharnement de planter ses pattes de derrière dans le sol pour bondir, mais Chane le maintenait fermement.

– Bientôt, lui murmurait-il doucement, très bientôt.

Le snokk répondait par une série d'aboiements rageurs fort efficacement assourdis par la cagoule.

Chane avait soigneusement monté son affaire. A présent, il étudiait la tour conique qui surmontait le bâtiment principal. A son sommet se trouvait un projecteur annulaire couplé à une batterie de phares pivotants maintenant éteints mais qu'il avait repérés dans la journée.

Il se mit à ramper vers les installations, emmenant avec lui le snokk récalcitrant. Chane, tous muscles tendus, avançait. D'une minute à l'autre, il allait traverser le champ de force circulaire qui englobait toute la base militaire. Lorsqu'il le franchirait, les choses risquaient d'aller très vite.

Il continua, progressant lentement et s'assurant à tout instant qu'il était instantanément en mesure de bondir. Le snokk devenait de plus en plus difficile à traîner mais Chane le contraignait impitoyablement à le suivre. Il pouvait maintenant distinguer les lumières des nefs stellaires tapies sur l'astroport et les sombres silhouettes des croiseurs avec leurs écoutilles closes et les protubérances de leurs armes menaçantes. Il identifia même le long bâtiment bas qui servait d'entrepôt.

L'alerte fut donnée à peu près au moment où il l'avait prévu. Une sirène se mit à retentir sur tout l'astroport et de partout jaillirent des pinceaux de lumière qui pivotèrent instantanément dans sa direction. Ces phares, allumés et dirigés par un ordinateur relié au projecteur annulaire, pouvaient s'orienter extrêmement vite. Cependant, ses réflexes de Varnan donnaient à Chane une légère marge de sécurité. Il agit, dès le déclenchement de l'alarme, avec toute la rapidité dont il était capable.

Sa main droite arracha le capuchon et le collier de la tête du snokk. D'un même élan, il s'aplatit au sol et, tirant sur lui la pièce de tissu neutre, demeura immobile.

Le snokk, libéré, fila par grands bonds à travers les pistes, poussant des aboiements outragés. Aussitôt, deux réflecteurs saisirent dans leurs faisceaux l'animal en fuite, tandis que les autres balayaient toute la périphérie de la base selon un savant découpage mathématique.

Chane faisait le mort, essayant de passer pour une irrégularité du terrain. Il entendit le sifflement d'un glisseur rapide débouchant sur les pistes et s'arrêtant à quelque distance de lui. Au loin, on percevait encore les aboiements furieux du snokk qui s'enfuyait. A bord du glisseur, un homme jura copieusement et un autre éclata de rire. Puis l'appareil s'éloigna, prenant le chemin du retour.

Les jeux de lumière, après une dernière ronde, s'éteignirent à leur tour. Chane persista à ne pas bouger sous sa toile. Trois minutes plus tard, les projecteurs se rallumèrent brutalement pour un nouveau balayage de tout le secteur. Puis l'obscurité retomba.

Alors seulement Chane se débarrassa de son camouflage et le replia tout en souriant à pleines dents.

« Un Louveteau des étoiles pourrait s'introduire là-dedans », avait-il affirmé à Dilullo lorsqu'il avait eu terminé sa reconnaissance du terrain. Mais il y avait dans ces propos beaucoup de vantardise, et, de toute façon, il n'en était qu'à la première étape de son plan, le restant de l'opération n'ayant rien d'un jeu d'enfant.

Il s'approcha prudemment de l'entrepôt, s'efforçant au maximum de demeurer dans les zones d'ombre et s'enveloppant de son carré de tissu chaque fois qu'il s'arrêtait pour tendre l'oreille. L'entrepôt, un long bâtiment métallique bas au toit plat, ne paraissait pas être surveillé mais, si l'on y gardait quelque chose d'important, il devait forcément être doté de nombreux systèmes de sécurité propres à déceler les intrus.

Il fallut presque une heure à Chane pour s'introduire dans l'obscurité du bâtiment. Il avait pénétré par le toit, utilisant préalablement ses détecteurs pour choisir un endroit non truffé d'alarmes diverses, puis, utilisant une micro-torche atomique soigneusement masquée pour découper proprement un cercle dans la toiture. S'il pouvait remettre en place le panneau découpé et, lorsqu'il repartirait, le ressouder consciencieusement, il s'écoulerait bien du temps avant que quelqu'un ne remarque son effraction.

Il sortit sa lampe de poche et balaya les lieux de son mince faisceau. Immédiatement, il remarqua que les caisses débarquées du cargo avaient été ouvertes.

Trois objets étaient posés sur une longue table à tréteaux à côté des caisses. Chane les contempla. Il fit le tour de la table pour les inspecter sur toutes les faces. Puis, les examinant de nouveau, il secoua la tête d'un air perplexe.

Dans sa carrière mouvementée, il avait eu entre les mains toutes sortes de prises plus ou moins exotiques. Il se croyait en mesure de situer, ou même d'identifier pratiquement n'importe quoi dans le domaine des artefacts et des substances utilisées pour leur fabrication.

Ces trois objets défiaient toute hypothèse.

Tous trois étaient faits de la même matière, un métal dur qui évoquait vaguement de l'or pâle mais qui ne ressemblait à rien de ce qu'il avait déjà eu l'occasion de rencontrer. Tous trois étaient de forme différente. L'un avait l'aspect d'un ruban brillant et cannelé se dressant tel un serpent de plus de trois pieds de haut, le second était un ensemble de neuf petites sphères, reliées rigidement entre elles par de minces et courtes tiges métalliques, le troisième se présentait sous la forme d'un cône tronqué, à la base large et renforcée, aux flancs nus et pleins. Ces objets étaient suffisamment beaux en eux-mêmes pour être éventuellement considérés comme des éléments de décoration, mais Chane sentait instinctivement qu'il ne s'agissait pas de cela. Pourtant, il ne pouvait deviner l'emploi d'aucun de ces artefacts. Hochant toujours la tête, mais sachant pertinemment qu'il n'avait pas toute la nuit devant lui, de la sacoche accrochée à son ceinturon, Chane sortit une micro-caméra et un instrument petit mais hautement sophistiqué que Dilullo lui avait confié : un analyseur de poche qui, à l'aide de divers rayonnements, sondait et fouillait au sein des molécules pour fournir un schéma assez exact des divers éléments. Du fait de sa miniaturisation poussée, l'appareil avait une utilité limitée, mais dans le cadre de ses tolérances, il restait extrêmement précieux. Chane appliqua les palpeurs à la base de la spirale dorée, puis déclencha l'analyseur, tandis qu'avec la micro-caméra, il prenait sous tous les angles quelques gros plans de l'artefact.

Le cône tronqué cachait une partie de l'objet aux neuf sphères. Chane tenait le bras pour le déplacer. Le métal froid et extraordinairement léger avait le poli du satin. Puis, se penchant au-dessus du cône, il braqua le micro-flash de la caméra sur les sphères d'or. Il se figea soudain sur place.

On percevait un chuchotement dans la noirceur de l'entrepôt.

Il pivota sur ses talons, balayant de sa lampe tous les recoins du hangar, tandis que sa main montait vers le paralyseur qu'il portait sous son blouson. Il n'y avait là que les trois mystérieux engins dorés et quelques piles de caisses de fournitures et de rations réglementaires de l'armée.

Rien d'autre et personne...

Le chuchotement allait croissant. On eut dit que quelqu'un ou quelque chose essayait de s'exprimer grâce au souffle de la brise. Chane avait identifié la source de ce bruissement. Cela provenait du cône doré.

Il s'éloigna de l'objet immobile et brillant qu'il maintenait toujours dans le faisceau de sa lampe. Cependant, le murmure qui en émanait continuait à s'intensifier.

Puis une lumière jaillit du cône, comme si elle provenait du métal même. Ce n'était pas une lumière normale : on eut dit une torsade de flammes rougeoyantes. Celle-ci, ruisselant sans cesse du cône, se tordait sur elle-même en prenant de la hauteur, jusqu'à ce qu'une grande volute phosphorescente se fût matérialisée au-dessus de sa tête. Alors, d'un seul coup, la volute lumineuse éclata en une myriade de minuscules étoiles.

La voix qui murmurait s'enfla soudain. Les soleils s'abattirent en pluie sur Chane, non pas simples flammèches ou micro-points de lumière, mais chacun différent, chacun représentant une étoile réelle infiniment réduite.

Bien qu'il n'en ressentît rien, les étoiles flottaient et tournoyaient autour de Chane : géantes rouges et naines blanches, soleils oranges et fuligineux, quasars aux lueurs maléfiques. Leur perfection était telle que, pendant un moment, Chane en perdit le sens de la perspective, les étoiles lui apparurent réelles et il était un géant debout sous une cascade de soleils tourbillonnants.

La voix se faisait de plus en plus forte et il pouvait maintenant saisir un étrange accompagnement de rythmes irréguliers. Quelqu'un ou quelque chose chantait-il?

D'un seul coup, Chane réalisa le danger qu'il courait. Si l'entrepôt était doté d'un système d'alarme sensible aux bruits, celui-ci risquait fort d'être mis en branle par le phénomène...

Il voulut se saisir du cône pour chercher un quelconque interrupteur. Mais avant même que sa main ne l'atteigne, les étoiles tourbillonnantes s'évanouirent et le chant susurré s'éteignit.

Immobile, quelque peu secoué par son expérience, il commençait néanmoins à comprendre. Ce cône apparemment plein était en réalité un appareil de reproduction d'enregistrements audio-visuels et il se mettait en route ou s'arrêtait par un simple frôlement de la main.

Mais qui donc, ou quoi, avait mis au point de tels enregistrements?

Chane, au bout d'un moment, examina prudemment les deux autres objets dorés, la spirale cannelée et l'assemblage des sphères. Aucune passe de la main ne parvint à susciter la moindre réaction.

S'immobilisant, il se mit à réfléchir. Il paraissait évident que les Vholiens qui avaient entreposé ces objets ici n'en étaient pas les constructeurs. Alors, qui donc?

Une race cachée dans la Nébuleuse? Et qui aurait la maîtrise de techniques inconnues? Mais s'il en était ainsi...

Un léger cliquetis se fit entendre du côté de la porte.

Aussitôt Chane se figea. Effectivement, il existait dans ce hangar un dispositif sonique d'alarme. Les gardes étaient là, en train de déverrouiller discrètement le vantail.

En quelques secondes, il fit le point. Il courut au cône doré, le caressant de la main. Aussitôt, le susurrement reprit et un tourbillon de lumière suinta de l'appareil. Chane fourra micro-caméra et analyseur dans sa sacoche, déjà prêt à disparaître.

La serrure à combinaison de la porte cliqueta de nouveau. Chane se replia précipitamment vers l'un des angles du hangar, s'embusquant derrière des caisses de vivres.

Dans l'obscurité, le nuage de lumière éclata en un brouillard d'étoiles et le murmure sifflant s'amplifia. La porte s'ouvrit.

Deux gardes vholiens casqués se tenaient là, le laser à la main, prêts à faire feu. Mais ils restèrent quelques secondes sans réaction devant cette fabuleuse cataracte d'étoiles.

Le paralyseur de Chane bourdonna, les abattant tous les deux.

Il n'avait que quelques minutes devant lui, songea-t-il, avant que l'on s'avise de la disparition des gardes. Pour quitter l'astroport, son plan initial exigeait beaucoup plus de temps.

Un sourire éclaira son visage et il pensa : « *Au diable les plans compliqués! Revenons-en aux méthodes des Loups des étoiles.* »

Le petit glisseur dans lequel les gardes étaient accourus stationnait là, à l'extérieur de l'entrepôt. Chane se pencha et débarrassa l'un des hommes inanimés de son casque qu'il s'enfonça sur la tête. Cela aurait au moins le mérite de dissimuler la couleur de sa chevelure aux témoins éventuels. En outre, le casque lui permettrait de se cacher partiellement le visage. De plus, revêtu du treillis du garde, Chane masquerait efficacement le côté non vholien de sa tenue.

Sautant à bord du glisseur, il s'installa aux commandes, mit l'appareil en route et fonça, sirènes hurlantes, droit sur l'entrée principale de l'astroport. Les projecteurs de la tour de contrôle s'illuminèrent, encadrant instantanément le véhicule. De sa main libre, il fit de grands gestes à l'intention des gardes qu'il apostrophait véhémentement. Il ne connaissait pas un mot de vholien, aussi se bornait-il à des hurlements inarticulés, se fiant au bruit de la sirène pour rendre inintelligibles ses propos. D'un air excité, il tendait le bras devant lui, tout en accélérant désespérément le glisseur. Les gardes s'écartèrent, surpris et interloqués, et Chane disparut dans la nuit en riant.

La vieille méthode varnienne avait toujours du bon qui disait : « Tant que ça marche, soyez astucieux et rusés, mais lorsque la ruse s'avère inopérante, foncez avant que les gens ne se réveillent... » Ssander et lui avaient bien souvent mis cette tactique à l'épreuve...

Pendant un bref instant, il eut du regret que Ssander fût mort.

XI

– Ils ne m'ont pas repéré, assura Chane. Ils n'ont pas pu m'identifier car ils n'ont même pas eu le temps de me voir. Ça, je peux vous le garantir.

Sous la lumière de la lampe, le visage de Dilullo était sombre et ses traits accusés, telles des entailles dans du bois noir.

– Qu'avez-vous fait du glisseur?

– Ayant trouvé une plage déserte, je l'ai conduit au large et l'ai coulé.

Chane dévisageait Dilullo, étonné de se retrouver en train de chercher des excuses.

– C'est la faute à ce damné cône, cette espèce de projecteur tridimensionnel. Aucun moyen de savoir ce que c'était et il s'est déclenché de lui-même lorsque ma main l'a frôlé.

Il vit que Dilullo le regardait d'un air bizarre et s'empressa de poursuivre : « Ne vous en faites pas; de toute façon, je suis venu par les toits et personne n'a pu m'apercevoir. Pourquoi nous soupçonneraient-ils? Il y a certainement parmi eux des gens tout disposés à faire de l'espionnage sans quoi ils n'auraient pas pris toutes ces mesures de sécurité. S'il n'y a pas de truands sur Vhol, c'est vraiment la planète la plus exceptionnelle de la galaxie. »

Il lança sur les genoux de Dilullo la sacoche qu'il portait à la ceinture. « J'ai réussi à vous ramener ce que vous vouliez. Tout est là! » Puis il s'assit, se servit un verre à la bouteille de Dilullo, bouteille qui, il le nota, semblait avoir sérieusement baissé de niveau. Mais Dilullo était toujours aussi posé et sobre qu'un roc.

– Tout de même, ajouta Dilullo, je pense que le temps est venu de dire adieu à Vhol.

Il mit de côté la sacoche.

– Nous devrons attendre de disposer du laboratoire du bord pour tirer quelque chose de ces éléments. Puis il se pencha en avant, dévisageant Chane. Qu'y a-t-il donc de si étrange à propos de ces machines?

– D'abord le métal dont elles sont faites, ensuite le mystère concernant leurs fonctions exactes, enfin, le fait qu'elles proviennent de la Nébuleuse, secteur n'ayant aucun monde habité avec une technologie au-dessus de la classe 2.

Dilullo acquiesça. « Je me demandais si vous vous en souveniez. Nous avons étudié toutes les cartes de cette zone pendant notre trajet entre Kharal et ici. Ou les relevés cartographiques de la Nébuleuse sont incomplets, ou il y a quelque chose d'autre, car ces objets ne sont pas seulement le produit d'une très haute technologie mais aussi ils font appel à des techniques totalement étrangères. »

Dilullo eut un grondement, il se leva pour soulever un coin du rideau qui masquait la vitre. C'était déjà l'aube. Chane éteignit la lampe et une lumière rose perle envahit alors la petite salle de l'auberge de la Rue des Étoiles.

– Est-ce qu'il aurait pu s'agir d'armes, Chane? Ou de pièces détachées d'armes?

Chane hocha négativement la tête. « Le projecteur, en tout cas, n'en était certainement pas une. Je ne pourrais pas le jurer pour les deux autres évidemment, mais je n'ai pas eu la sensation d'être devant des armes. » Il voulait dire par là qu'il n'avait pas eu le sentiment profond, l'instinctive reconnaissance du guerrier chevronné face à un engin de mort.

– C'est intéressant, reconnut Dilullo. Vous ai-je dit, à propos, que Thrandirin veut inspecter nos marchandises demain avec l'intention d'en acheter? Allez prendre un peu de repos, Chane, et lorsque je vous appellerai, rappliquez en vitesse.

Ce ne fut pas Dilullo qui le réveilla, mais Bollard. Celui-ci donnait l'impression qu'il venait juste d'ouvrir les yeux mais peut-être était-il simplement sur le point d'aller se coucher.

– Si vous avez ici quelques bricoles que vous ne puissiez supporter de laisser derrière vous, emportez-les, à condition toutefois que cela tienne dans votre poche. Bollard se gratta la poitrine et bâilla. Autrement, laissez tomber.

– Je voyage toujours sans bagage. Chane enfila ses bottes. C'était tout ce qu'il avait retiré avant de s'endormir.

– Où est Dilullo?

– A bord, avec Thrandirin et quelques autres huiles. Il veut que nous le rejoignions.

Chane s'arrêta d'enfiler ses bottes et dévisagea Bollard. Ses petits yeux cachés derrière d'épaisses paupières rouges étaient tout sauf endormis.

– Je vois, dit Chane qui tapa son talon par terre pour finir d'enfiler ses bottes, puis se leva. Il grimaça un sourire à l'adresse de Bollard. Ne le faisons pas attendre.

– Vous voulez descendre pour expliquer ça aux gardes? Il rendit son sourire à Chane. C'était vraiment un gros bonhomme bien calme sans un seul souci au monde. Il y en a de postés devant et derrière depuis quelques heures. Nous sommes consignés dans nos quartiers pour notre propre protection en période de troubles, a dit Thrandirin. Quelque chose est arrivé la nuit dernière qui les a bouleversés. Il ne m'a pas précisé quoi. Il a seulement permis à Machris, l'expert en armements, et à un autre de nos hommes, d'accompagner Dilullo à bord. Aussi sommes-nous presque tous ici. Mais les gardes ont des lasers, ça va nous poser un petit problème... Bollard sembla méditer pendant un moment. John m'a appris que vous étiez venu par les toits. Est-ce qu'on pourrait rééditer la chose, avec par exemple de gros lards de mon espèce?

– Je ne peux vous garantir la solidité des constructions, dit Chane, mais si vous ne passez pas au travers des toitures, vous ne devriez pas avoir d'ennuis. Cependant, il faudra agir très discrètement. Ces bâtiments sont peu élevés et s'ils nous entendent, nous serons encore plus dans le pétrin que si nous étions rentrés dedans billes en tête.

– Alors, essayons, dit Bollard. Et il s'éloigna, laissant Chane souhaiter que ce fût la nuit.

Mais ce n'était pas la nuit, c'était le plein jour, et le soleil de Vhol brillait, blanc et éblouissant au-dessus de leurs têtes. Et il les accueillit d'un aveuglant rayon de lumière lorsque Chane ouvrit très discrètement la trappe qui menait au toit.

Il n'y avait personne en vue. Chane sortit et fit signe aux autres de le suivre. Ils montèrent chacun par l'échelle, se maintenant à distance les uns des autres, et, sans courir, s'en allèrent à travers le toit dans la direction que Chane leur avait indiquée.

Pendant ce temps, Chane et Bollard montaient la garde, observant ce qui se passait en bas, dans les rues en face et derrière l'auberge. Chane surveillait l'arrière du bâtiment car Bollard avait le commandement et, de ce fait, avait choisi le poste le plus important.

Aussi immobile qu'une des gargouilles de pierre sculptée de Kharal, caché derrière une cheminée de la cuisine, il scrutait attentivement les alentours. Les gardes vholiens lui semblèrent être des gars coriaces, se tenant patiemment en faction, ne se souciant ni du soleil ni du bavardage des petits gosses rassemblés admirativement autour d'eux, ni des invitations de plusieurs jeunes personnes leur assurant qu'ils avaient tout le temps de venir prendre un verre de boisson fraîche avant qu'on ne s'aperçoive de leur absence. Chane détestait profondément les gardes vholiens. Il préférait de loin les individus dégrafant leurs tuniques ou s'assayant à l'ombre pour lutiner les filles. Les Mercenaires n'étaient pas aussi bons que les Varnans, personne d'ailleurs ne l'était, mais ils connaissaient parfaitement leur métier et s'éloignèrent sans éveiller l'attention des gens de la rue.

Bollard signala que tout allait bien de son côté.

Chane le rejoignit et ils se dirigèrent vers l'astroport.

Les toits de la Rue des Étoiles étaient utilitaires, laids, mais heureusement plats. Les Mercenaires les parcouraient en une longue file irrégulière allant aussi rapidement qu'ils le pouvaient, mais évitant tout bruit de course de façon à n'attirer les regards de personne. La rangée de bâtiments s'arrêtait à la limite de l'astroport, séparée de ce dernier par une route de ronde qui desservait d'ailleurs la zone des hangars. La grille d'entrée n'était pas à plus de trente mètres et le vaisseau des Mercenaires à moins d'un quart de mille.

Cela semblait long, désespérément long.

Chane respira profondément et Bollard dit tranquillement aux Mercenaires tous rassemblés sur le dernier toit : « C'est bien d'accord : une fois partis, on ne s'arrête plus. »

Chane ouvrit la trappe et ils descendirent à travers le bâtiment, ne se souciant plus du bruit qu'ils pourraient faire, indifférents à tout mais fonçant directement là où ils voulaient aller. Le bâtiment comportait trois étages. L'air y était rance, lourd, surchargé de trop de parfums douceâtres. Il y avait profusion de portes, la plupart fermées; un bruit de musique venait du rez-de-chaussée.

Ils débouchèrent là en courant, traversant une enfilade de pièces plus ou moins crasseuses, aux meubles délabrés et aux tentures délavées et mangées aux mites. Grâce à la lumière qui filtrait à travers les rideaux tirés, ils purent constater qu'il y avait du monde, de formes, tailles et couleurs diverses.

Mais Chane n'eut pas le temps de voir exactement ce que ces êtres étaient en train de faire. Il remarqua seulement leurs regards interloqués qui se tournaient vers lui dans la pénombre. Une gigantesque femme en vert fonça vers eux d'un air furieux, piaillant comme un perroquet géant, puis la porte de devant fut ouverte à la volée dans un tintement de clochettes joyeuses et ils se retrouvèrent dans la chaleur de la rue. Ils se précipitèrent vers la grille et Chane fut étonné de voir à quelle vitesse Bollard agitait ses petites jambes grassouillettes lorsqu'il le fallait.

Une guérite se trouvait à côté de la grille d'entrée. Le garde, à l'intérieur, les vit venir. Chane eut l'impression qu'il les dévisageait pendant plusieurs minutes alors qu'ils se ruaient vers lui et il sourit à l'homme d'un sourire méprisant qui se moquait des lentes réactions des races inférieures.

Lui-même, ou n'importe quel autre Loup des étoiles, aurait déjà refermé la grille, et la moitié au moins des Mercenaires auraient été abattus bien avant que les synapses du gardien transmettent le signal de mise en mouvement de sa main vers l'interrupteur.

En réalité, le délai depuis le stimulus initial jusqu'à la réaction du gardien n'était qu'une affaire de secondes. Mais c'était assez pour amener Chane à portée de paralyseur. Le Vholien s'écroula. Les Mercenaires s'engouffrèrent à travers le portail. Bollard était le dernier d'entre eux et Chane s'aperçut que celui-ci le regardait avec une étrange expression sur le visage lorsqu'il le dépassa. Alors seulement, il réalisa que, dans le feu de l'action, il avait totalement oublié de se contrôler et qu'il s'était élancé au-devant des autres, couvrant les trente mètres à une vitesse pratiquement insoutenable pour un Terrien normal. Il jura intérieurement, comprenant qu'il se trahissait lui-même, car s'il n'était pas plus attentif par la suite... peut-être d'ailleurs était-ce déjà trop tard.

Quelqu'un cria : « Les voilà! »

Les gardes vholiens avaient finalement été alertés. Ils descendaient au pas de course la Rue des Étoiles et, dans une minute, Chane s'en rendait compte, les fins faisceaux des lasers se mettraient à crépiter. Il entendit Bollard donner quelques ordres d'un ton parfaitement calme, faisant signe à chacun de se disperser. Il enclencha la commande de clôture de la porte et s'insinua entre les panneaux métalliques alors qu'ils commençaient à se refermer. Il sortit quelque chose de sa poche : une charge de plastic munie d'un détonateur magnétique et d'un support autocollant. Alors que la porte pivotait encore, il fixa le tout sur l'encadrement, juste au-dessus du mécanisme de la serrure, puis Chane et Bollard partirent ensemble en courant, vers la nef.

Derrière eux il y eut un claquement sec et un intense éclair de lumière lorsque le portail acheva de se refermer. Bollard sourit :

– Voilà qui a fondu ensemble les deux vantaux de la grille. Cela ne les empêchera pas de passer mais ça les retardera deux ou trois minutes. Où donc avez-vous appris à courir?

– C'est en sautant d'un roc à l'autre lorsque j'étais mineur de l'espace, expliqua Chane innocemment. C'est une méthode qui fait merveille pour la coordination. Vous devriez l'essayer, un de ces jours.

Bollard grogna et se tut pour épargner son souffle. Le vaisseau des Mercenaires paraissait toujours être à des millions de milles de là.

Chane était furieux de devoir se freiner pour suivre l'allure de ses compagnons, mais il s'y appliqua néanmoins. Finalement, Bollard essoufflé demanda : « Pourquoi ne foncez-vous pas devant comme vous l'avez fait tout à l'heure? »

– Zut, répliqua Chane qui fit semblant d'être hors d'haleine. Je ne peux pas faire ça deux fois de suite; pour le moment je suis vidé!

Il haletait de plus en plus ostensiblement, se retournant pour regarder par-dessus son épaule. Les gardes approchaient maintenant de la grille; l'un d'eux entra dans la guérite. Chane pensa que c'était pour essayer la commande d'ouverture, mais rien ne se produisit. La grille restait fermée. Quelques-uns des gardes firent alors feu à travers le grillage. Le crépitement et les éclairs des lasers déchirèrent l'air derrière eux, mais ils étaient hors d'atteinte, la charge des armes de poing ne portant pas jusque-là. Chane remercia la chance qu'avaient les Loups des étoiles, grâce à laquelle les gardes n'avaient pas songé à se munir d'armes lourdes. Il n'y avait pas un seul signe de vie autour du vaisseau des Mercenaires. Sans doute les Vholiens à l'intérieur se sentaient-ils parfaitement en sécurité, croyant l'équipage du vaisseau bloqué à l'auberge. Chane était sûr que Dilullo s'était arrangé pour que la démonstration fût telle que les visiteurs ne fussent pas inquiétés par les bruits extérieurs. Malgré tout, il devait bien y avoir un garde.

Il y en avait. Deux Vholiens en uniforme apparurent hors du sas pour voir ce qui se passait. Et ils virent. Mais c'était déjà trop tard : Les Mercenaires les abattirent proprement avec leurs paralyseurs. Le glisseur dans lequel Dilullo et les officiels vholiens étaient venus stationnait à côté de l'échelle de coupée. Bollard ordonna aux hommes de monter à bord et fit signe à Chane. Ensemble, ils jetèrent les gardes inconscients dans le glisseur, mirent celui-ci en route et le dirigèrent, sans conducteur, droit sur la grille d'entrée. Les soldats qui venaient de l'auberge avaient réussi à se frayer un chemin à travers la grille.

Bollard hocha la tête : « Tout s'est très bien passé », dit-il. Ils escaladèrent les marches quatre à quatre et se précipitèrent dans le sas. L'avertisseur de décollage rugissait déjà et le signe rouge « évacuez le sas » brillait de tous ses feux. Dilullo n'avait vraiment pas perdu de temps. La porte intérieure du sas se referma derrière Chane.

Les membres du groupe qui participaient au pilotage du vaisseau se précipitaient à leurs postes. Chane monta avec Bollard à la passerelle de commandement. Il y avait là tout un rassemblement, uniquement de Mercenaires, à l'exception d'un seul, et celui-là était loin d'être content. Il s'agissait de Thrandirin.

Dilullo se tenait avec lui devant la caméra de télévision couplée au microphone du communicateur, de sorte qu'il ne puisse pas y avoir d'équivoque lorsque son message serait reçu.

Dilullo parlait à la radio.

– Cessez le feu, ordonnait-il, nous sommes sur le point de décoller. Faites place et ne vous avisez pas d'essayer sur nous vos techniques habituelles d'interception ! Thrandirin et les deux officiers vous seront rendus sains et saufs si vous agissez comme je vous le demande, mais si quelqu'un se mêle de tirer, ne serait-ce qu'avec un lance-pierres, ils mourront immédiatement !

Chane entendit à peine ces paroles, il observait le visage lourd et autoritaire de Thrandirin et ce qu'il voyait le remplissait d'une ineffable joie.

Les moteurs se mirent en route, grondèrent, hurlèrent, rugirent, puis emportèrent le vaisseau des Mercenaires vers le ciel.

Et personne n'intervint, ne fût-ce qu'avec un lance-pierres.

XII

Baignant dans la luminosité de la Nébuleuse, le vaisseau des Mercenaires croisait à la périphérie de l'amas.

Dilullo était assis au carré des officiers avec Bollard, étudiant pour la centième fois les photographies et le compte rendu d'analyse des objets de l'entrepôt.

Bollard lui dit : « Vous allez les user à les regarder comme ça! Ils ne vous dévoileront rien que vous n'ayez déjà vu. »

– C'est-à-dire... répliqua Dilullo, ou pire que rien. Ces photographies sont claires et détaillées, je vois ces objets, donc je sais qu'ils existent, mais elles sont accompagnées de comptes rendus d'analyses qui me démontrent l'impossibilité de leur existence!

Il lança sur la table le petit disque en plastique de l'analyseur; celui-ci n'ayant rien enregistré, il était aussi vierge qu'au jour où il avait été fabriqué.

– Chane n'a pas dû l'utiliser correctement, John; il a mal fixé le palpeur ou omis de mettre l'appareil en route.

– Vous croyez ça?

– Connaissant Chane, cela m'étonnerait, mais il faut bien croire quelque chose et l'erreur ne tient pas à l'analyseur. Il a été vérifié.

– Et revérifié.

– Aussi cela doit être Chane.

Dilullo haussa les épaules : « C'est la plus logique des explications. »

– Y en a-t-il une autre?

– Oui. Les artefacts sont peut-être faits d'une substance que l'analyseur n'est pas programmé pour identifier, ce qui voudrait dire que leur métal ne figure pas sur notre table atomique, mais nous savons bien que c'est ridicule, n'est-ce pas?

– Bien sûr, bien sûr, dit doucement Bollard.

Dilullo se leva, sortit une bouteille et se rassit. « Nous n'avançons pas, dit-il. Amenez-moi Thrandirin et les deux généraux ici, ainsi que Chane. »

– Pourquoi lui?

– Parce qu'il a vu ces objets, il les a touchés, en a mis un en route et l'a entendu... chanter.

Bollard eut une moue dubitative. « Chane est un gars rapide, valable, mais je ne lui fais confiance qu'aussi loin que mon poing puisse frapper. »

– C'est bien mon avis, reconnut Dilullo, aussi, amenez-le.

Bollard sortit. Dilullo se prit le menton dans les mains et s'hypnotisa sur le disque et les photographies. A l'extérieur de la coque, les pâles feux de la Nébuleuse brillaient dans l'infini... sur d'innombrables parsecs d'infini en trois dimensions. Au-dessus, dans la salle de navigation, Bixel parcourait pour la troisième fois les micro-livres provenant de la bibliothèque du vaisseau et buvait force tasses de café tout en gardant un œil vigilant sur le radar toujours aussi obstinément muet que le disque de l'analyseur.

Bollard revint avec Chane, Thrandirin et les deux généraux. Markolin et Tatichin. Le suffixe « in » était important sur Vhol. Il semblait identifier un certain nombre de gens ayant acquis de l'influence voici longtemps, et qui, avec une belle ténacité, l'avaient conservée jusqu'à maintenant. Ce suffixe figurait largement dans le domaine administratif, militaire et astronautique. C'étaient là des gens qui étaient habitués à commander, ce qui faisait d'eux des prisonniers assez peu dociles.

Thrandirin ouvrit le jeu comme il le faisait toujours

avec le gambit : *Combien-de-temps-allez-vous-poursuivre-cette-idiotie?* Dilullo contra comme il le faisait toujours avec le : *Aussi-longtemps-que-cela-me-permettra-d'obtenir-ce-que-je-veux.*

Les trois hommes alors lui annoncèrent que c'était impossible et lui demandèrent d'être ramenés chez eux.

Dilullo hocha la tête et sourit : « Maintenant que nous avons terminé ce petit tour d'horizon, peut-être pourrions-nous nous asseoir, prendre un verre ou deux et parler du temps qu'il fait. »

Il passa la bouteille et les verres autour de la table. Impassibles, les trois Vholiens acceptèrent la liqueur d'un air raide et s'assirent, statues drapées dans de brillantes tuniques et taillées dans du marbre. Seuls leurs yeux étaient vivants, extraordinairement bleus et brillants.

Le regard de Thrandirin s'arrêta un instant sur les photographies posées devant Dilullo, puis s'en éloigna.

– Non! dit Dilullo, continuez, regardez-les, et il les lui tendit. Regardez également ceci, et il leur montra le disque : Vous avez déjà vu ces objets, ce n'est pas la peine de jouer les innocents à leur propos.

Thrandirin secoua la tête : « Je vous répète ce que je vous ai déjà affirmé. Si j'en savais plus que vous sur ces objets, je ne vous le dirais pas, aussi peu que ce soit. Mais, en tout état de cause, je ne sais rien. Je les ai vus dans l'entrepôt; c'est tout. Je ne suis pas un scientifique, je ne suis pas un technicien et je n'ai aucune part directe dans cette opération. »

– Cependant, vous êtes un fonctionnaire gouvernemental, insista Dilullo. Et un responsable d'un niveau particulièrement élevé. Suffisamment pour discuter d'armements.

Thrandirin ne fit aucun commentaire.

– Je trouve très difficile de croire que vous ignorez d'où proviennent ces choses, interrogea doucement Dilullo.

Thrandirin haussa les épaules. « Je me demande pourquoi. Vous nous avez déjà questionnés avec un détecteur de mensonge du tout dernier modèle et cela devrait vous avoir démontré que nous ne connaissons rien. »

Tatichin dit brusquement, comme si c'était une vieille histoire qui lui faisait encore mal : « Seulement six hommes sont au courant de cette affaire. Notre président, son premier ministre, le ministre de la guerre et les navigateurs, qui pilotent actuellement les vaisseaux à travers la Nébuleuse. Même les capitaines ignorent tout de la destination de leur nef et les navigateurs sont sous garde constante, prisonniers virtuels tant dans l'espace que sur Vhol. »

– Alors, ça doit être quelque chose d'extraordinairement important, conclut Dilullo.

Les trois statues de marbre le dévisagèrent, mais ne répondirent rien.

– Les Kharalis ont interrogé Yorolin, après l'avoir soumis à l'action d'un sérum irrésistible. Il leur a révélé que Vhol avait une arme effrayante quelque part dans la Nébuleuse, un engin assez puissant pour les effacer de la surface de la planète.

Les yeux bleus, farouches et inflexibles, brillèrent encore un peu plus, mais les Vholiens ne parurent pas surpris.

– Nous avons pensé qu'ils agiraient ainsi, dit Thrandirin, bien que Yorolin ne puisse se souvenir de rien sinon que les Kharalis l'ont drogué. Avec ce sérum, un homme ne peut mentir, c'est vrai, mais il ne peut livrer que ce que contient son cerveau, rien de plus et rien de moins. Yorolin croyait ce qu'il disait, mais ça ne prouve pas obligatoirement l'exactitude de ses propos.

Les yeux de Dilullo devinrent alors très durs et ses mâchoires se serrèrent comme un piège à loup.

– Vos propres esprits, dont j'ai pu contrôler la franchise, m'ont également affirmé que vous aussi, vous aviez entendu parler de cette histoire et qu'effectivement vous êtes bien en train de préparer la conquête de Kharal. Les choses étant ce qu'elles sont, n'est-il pas étrange que vous soyez intéressés par l'achat d'armes classiques et strictement conventionnelles, même si elles sont légèrement supérieures à celles que vous possédez, étant donné la superarme que vous détenez dans la Nébuleuse?

– Mais nous avons déjà répondu cent fois à cette question, dit Thrandirin.

– Oui, vous m'avez dit que ces armes vous étaient nécessaires pour assurer la sécurité de votre base de la Nébuleuse. Or, tout cela ne paraît pas très logique, n'est-ce pas?

– Je crains de ne pas suivre votre raisonnement. Décidément, je n'apprécie guère votre compagnie! Thrandirin se leva, et les généraux l'imitèrent. Je regrette amèrement de ne pas vous avoir fait emprisonner dès votre arrivée. J'ai sous-estimé votre...

– Audace? suggéra Dilullo. Inconscience? Stupidité pure et simple?

Thrandirin haussa les épaules. « Je ne pouvais croire que vous viendriez directement de Kharal à Vhol après vous être engagé au service de nos ennemis. De plus, il y avait Yorolin... Nous savions que jamais les Kharalis ne le libéreraient volontairement. Le fait même que vous nous l'ayez ramené semblait confirmer votre histoire, aussi avons-nous hésité. Il y eut même d'assez longues discussions à ce moment-là. Et il regarda Markolin d'un air plutôt glacé. Nous avons même envisagé un instant de vous engager pour la durée de notre guerre avec Kharal. Vous avez été très adroit, capitaine Dilullo. J'espère que vous appréciez pleinement votre triomphe. Cependant, même si vous réussissez à trouver ce que vous cherchez, je tiens à vous rappeler que là-bas ils ont été avertis par ultra-radio et qu'ils vont vous attendre. »

– *Ils?* Des croiseurs lourds, Thrandirin? Combien? Un, deux, trois?

Markolin répondit. « Il ne peut vous le dire et moi non plus. Restez assuré que cette force est suffisante pour garder notre... installation. » L'hésitation devant ces mots fut si brève qu'elle passa presque inaperçue. « Et je peux aussi vous assurer que la valeur de nos vies n'est pas suffisante pour vous garantir là-bas l'impunité. »

– C'est exact, confirma Thrandirin. Et maintenant, si

vous le voulez bien, nous préférerions regagner nos cabines.

– Évidemment, accorda Dilullo. Non, restez ici, Bollard.

Il parla brièvement dans l'interphone et quelques instants plus tard un autre Mercenaire vint, qui emmena les Vholiens. Dilullo pivota et dévisagea Chane et Bollard.

– Ils voulaient acheter nos armes et ils pensaient nous employer contre Kharal?

– J'ai entendu, dit Bollard, et je ne vois rien là de très surprenant. Cela signifie seulement que leur super-arme n'est toujours pas opérationnelle et que, pour quelque temps encore, ils préfèrent éviter tout risque...

Dilullo opina. « C'est logique. Qu'en dites-vous Chane? »

– Je dis que Bollard a raison, seulement...

– Seulement quoi?

– Eh bien, répondit Chane, il y a cet enregistreur dans le hangar. S'ils sont en train de construire une arme, là-bas dans la Nébuleuse, ils ne se sont certainement pas fatigués à mettre au point des projecteurs tridimensionnels. Et de toute façon, il ne s'agissait pas d'un engin vholien.

Chane s'arrêta. Il y avait autre chose qui l'irritait. Il attendit pour que tout cela se décante dans son esprit.

– En outre, pourquoi tous ces secrets? Oh, je peux fort bien accepter des mesures strictes de sécurité. Je peux comprendre qu'ils soient inquiets et qu'ils redoutent de voir les Kharalis engager quelqu'un pour essayer de découvrir l'arme, ou de la voler. Ce qui a été fait. Mais ils sont si effrayés qu'ils n'accordent même pas leur confiance à des hommes comme Thrandirin et les généraux et ne leur révèlent pas la provenance et l'utilité des objets dorés.

Et Chane tendit le doigt vers les photos des trois objets mystérieux.

– L'une de ces choses produit une musique extrêmement étrange et projette des étoiles. Or, ce n'est rien d'autre, en définitive, qu'un appareil audiovisuel d'enregistrement... Qu'y a-t-il donc d'aussi terriblement secret à son sujet? Tout ça n'a vraiment aucun sens à mon humble avis.

Dilullo se tourna vers Bollard qui secouait la tête. « Je n'ai pas vu ce projecteur d'étoiles, aussi je ne peux dire ni oui ni non. Pourquoi ne pas en finir et nous dire ce que vous avez sur le cœur, John? »

Dilullo prit entre ses doigts le petit disque vierge de l'analyseur. « Je commence à me demander ce qui peut être plus important que les projets de Vhol concernant Kharal et vice versa. Je crois que les Vholiens ont mis la main sur quelque chose d'énorme. Oui. Quelque chose de si énorme que ça les épouvante eux-mêmes. Parce que, ajouta-t-il lentement, je suppose qu'ils ne comprennent pas très bien ce dont il s'agit et qu'ils ne savent pas comment l'utiliser, pas plus que nous, d'ailleurs.

Il y eut un silence prolongé. Finalement, Bollard dit : « Voudriez-vous nous expliquer un peu votre pensée, John? »

Dilullo hocha négativement la tête. « Non. C'est une simple hypothèse et un homme serait fou s'il s'emballait uniquement là-dessus. La seule façon de nous en assurer est de dénicher leur base. Nous pourrons alors savoir si j'avais raison. Mais je commence à penser que les Vholiens n'ont pas tort lorsqu'ils affirment que nous n'y parviendrons jamais. » Il appuya rageusement sur la touche de l'interphone pour appeler la chambre de navigation.

– Démarrez-moi un schéma de détection, Finney! Faites en sorte que le balayage couvre autant que possible les rives de la Nébuleuse et ne laisse rien passer. Ce vaisseau de ravitaillement devra bien quitter Vhol un jour ou l'autre et il nous suffit d'un peu de chance.

La voix de Finney, le navigateur, leur parvint, répliquant sur un ton des plus acides :

– Oh, c'est sûr, John, juste un tout petit peu de chance...

Et le vaisseau des Mercenaires poursuivit sa route,

tissant une frêle toile le long des falaises ardentes de la Nébuleuse. Chacun à bord savait que les chances étaient infinitésimales de repérer la minuscule mouche guettée par le vaisseau, surtout lorsque celle-ci avait été dûment avertie.

Chane avait totalement perdu le sens de la durée et Dilullo était parfaitement conscient qu'il s'était écoulé beaucoup trop de temps depuis leur départ.

Soudain, Bixel levant les yeux de son écran radar, annonça sur un ton de complète incrédulité : « J'ai un écho. » Dilullo eut un éclat de joie triomphante, mais cela ne dura pas car Bixel ajouta : « J'en ai un autre, un troisième... Zut, j'en ai tout une flopée! »

Dilullo se pencha sur l'écran du radar, un pressentiment glacé lui serrant le cœur.

– Ils viennent de changer de cap, poursuivit Bixel. Ils foncent droit sur nous, vite, terriblement vite.

Bollard s'était découvert une place dans la petite pièce et regardait par-dessus leurs épaules. « Ce ne sont pas des vaisseaux de ravitaillement. Peut-être une escadre de croiseurs vholiens... s'ils ont décidé qu'ils ne se souciaient plus de nos otages. »

Dilullo secoua la tête d'un air abattu : « Il n'y a qu'un seul type de vaisseau de ce tonnage qui se déplace en formation de ce genre et à une pareille vitesse. Après tout, Thrandirin ne mentait pas lorsqu'il parlait de Loups des étoiles... »

XIII

Chane ne fut averti de rien avant que ne retentisse sur tous les circuits intérieurs du vaisseau le signal d'*Alerte Rouge*. Il s'ensuivit aussitôt une brutale accélération qui fit gémir les joints de la coque et plaqua Chane contre un longeron. Il s'était allongé quelque temps sur une couchette qu'il avait empruntée et dormait à moitié. Or, d'être parvenu à s'assoupir constituait pour lui une brillante performance. En effet, il avait horreur d'attendre, il détestait ce long travail de guet dans le vide où tout dépendait des décisions d'autrui. La sagesse et l'instinct de conservation lui commandaient de se montrer patient car il n'y avait pas, pour le moment, d'autre possibilité. Mais son être physique trouvait difficile d'obéir à cela. Il n'était pas habitué à rester inactif. Toute une vie d'entraînement lui avait enseigné que l'inaction était la chose la plus proche de la mort, un état convenant uniquement aux races inférieures qui méritaient bien, de ce fait, qu'on les pille. Un Varnan combattait férocement, et la lutte terminée, il profitait avec tout autant d'ardeur des fruits de la victoire, jusqu'au moment de songer de nouveau aux batailles. Le métabolisme même de Chane se révoltait contre cette attente.

L'alerte et le brutal sursaut de l'astronef furent pour lui comme une soudaine libération.

Il se dressa d'un bond et se dirigea vers la coursive principale. Des hommes s'y hâtaient, courant dans une apparente et totale confusion, mais Chane savait qu'il n'en était rien et, en quelques secondes, chacun fut à son poste. Le vaisseau tout empli d'un calme haletant, d'un calme très particulier : celui qui précède la tempête.

Chane ne s'était pas vu assigner de poste, aussi grimpa-t-il vers la passerelle de commandement tandis que la voix de Dilullo s'adressant à tout le vaisseau lui parvenait par le circuit intérieur de communication. « J'ai une nouvelle peu réjouissante à vous apprendre, annonçait-il. Nous avons à nos trousses un escadron de Loups des étoiles. »

Dans le corridor, Chane s'immobilisa net.

La voix de Dilullo semblait contenir une sorte d'avertissement voilé qui lui était personnellement destiné. Il continua : « Je répète : nous avons à nos trousses un escadron de Loups des étoiles. » *Il me parle,* pensait Chane. *Bon. Ce coup-ci, ça y est. Les frères de Ssander et tout le restant de la bande m'ont rattrapé.*

La voix de Dilullo poursuivit. « J'ai choisi de décrocher; nous combattrons si nous y sommes contraints, mais je vais faire de mon mieux pour fuir, aussi préparez-vous à des accélérations intenses. »

Cela veut dire que je n'aurai pas le temps de vous prévenir des changements soudains de cap et de vitesse. Accrochez-vous ferme et espérons que le vaisseau tiendra le coup.

Chane était toujours immobile dans le corridor, le corps et l'esprit tendus. Dans sa carrière, peut-être s'était-il trouvé dans des situations pires, mais sur le coup il ne s'en souvenait pas. Si les Mercenaires avaient la moindre raison de suspecter son origine, ils allaient le tuer avant que les frères de Ssander puissent aborder le vaisseau. Et s'ils ne le suspectaient pas, il mourrait de toute façon lorsque l'escadron des Loups les capturerait.

Et il les capturerait. Personne jamais n'échappait aux Loups des étoiles, nul ne pouvant aller assez vite ni supporter l'impact effrayant des incroyables accélérations qu'enduraient les Loups. Ceux-ci manœuvraient leurs petits vaisseaux à des vitesses propres à tuer un homme et c'était bien ce qui les rendait imbattables dans l'espace. La nef des Mercenaires vira soudainement, empruntant une trajectoire tangentielle qui fit gémir les membrures. Chane eut l'impression qu'il sentait les longerons plier sous ses doigts. Le sang lui battait dans les tempes. Il se redressa comme le vaisseau se stabilisait de nouveau et poursuivit sa route vers la passerelle de commandement.

Là tout était dans l'obscurité, à l'exception des lumières feutrées du tableau de bord. Il faisait suffisamment sombre pour que les feux de la Nébuleuse se déversant par la baie de proue paraissent envahir la pièce. C'est évidemment une illusion car les hublots étaient maintenant remplacés par des écrans de vision et la Nébuleuse que ceux-ci montraient n'était qu'un simulacre adapté au vol en vitesse supraluminique. L'illusion, d'ailleurs, était très convaincante. La tête et le buste de Dilullo se détachaient dans la phosphorescence glauque de la passerelle tandis que le vaisseau plongeait au travers des nuages tourbillonnants de lumière froide. Les soleils qui illuminaient de leurs feux les gaz de la Nébuleuse défilaient devant eux comme des braises rougeoyantes.

Dilullo se redressa et, devinant le visage de Chane dans la pénombre, l'interpella : « Qu'est-ce que vous foutez là ? »

– J'en avais assez de rester assis, répondit Chane d'une voix calme et placide. Je pensais pouvoir peut-être me rendre utile ici.

Le copilote, un petit homme boucané aux traits rudes nommé Gomez, répliqua d'un ton irrité : « Virez-le d'ici, John. Pour l'instant, je n'ai vraiment pas besoin d'un pilote à la manque dans le dos. »

Dilullo dit : « Accrochez-vous. »

Chane s'agrippa à une poutrelle de soutènement. De nouveau, le vaisseau gémit et grogna. Le métal lui entama la chair et il eut l'impression de le sentir plier. L'image de l'écran de vision se troubla pour se transformer en un chaotique ballet d'étoiles filantes, puis tout se stabilisa. Ils étaient en train de dégringoler entre des murailles de flammes. Gomez disait :

– Encore une manœuvre de ce genre, John, et nous allons briser le vaisseau.

– Eh bien, répliqua Dulillo, nous allons voir ça tout de suite.

Chane, cette fois, n'entendit pas seulement geindre le vaisseau car à leur tour les hommes s'écroulaient en gémissant sous le traitement qu'ils subissaient. Gomez s'effondra de son siège; du sang lui coulait du nez, ruisselait en un filet sombre jusqu'à son menton... La respiration soudain coupée, Dilullo laissa échapper un profond soupir. Il parut s'affaisser sur le tableau de bord et Chane fit un pas en avant pour prendre les commandes, puis recula lorsqu'il vit Dilullo se redresser péniblement. La bouche ouverte, mordant sauvagement l'air, celui-ci parvint à reprendre son souffle par pur entêtement. De l'autre côté de la salle, un homme pendait, inanimé, dans son harnais anti-chocs. Comme personne ne l'observait, Chane eut un sourire sardonique et, s'accrochant à sa poutrelle, respira tranquillement malgré la poussée de l'accélération qui essayait de l'écraser mais n'y parvint pas. Puis il se demanda ce qui pouvait le faire rire ainsi. Sa résistance dont il était si fier allait causer sa perte. Les Mercenaires dans ce domaine ne leur venant pas à la cheville, les Loups l'emporteraient forcément...

Il s'interrogea, se demandant si ceux-ci avaient eu vent de sa présence à bord du vaisseau. Il ne comprenait vraiment pas comment ils pourraient en être informés; ils l'avaient probablement suivi à la trace jusqu'à l'Amas de Corvus et cela était suffisant. Ils allaient secouer tout le secteur jusqu'à ce qu'ils le trouvent, ou se soient assurés de sa mort.

Chane sourit de nouveau, songeant à la colère de Dilullo, sans nul doute furieux de l'habileté déployée pour garder en vie son Loup des étoiles apprivoisé. Chane ne ressentait aucune responsabilité pour ce qui allait s'ensuivre. Tout cela avait été l'idée de Dilullo et Chane pouvait même prendre un certain plaisir cruel à voir comment il allait en être récompensé. Il était certain que Dilullo devait penser la même chose. Juste à cet instant, Dilullo tourna la tête et son regard se fixa sur Chane. Celui-ci estima : *Il me livrerait tout de suite s'il le pouvait, si cela lui permettait de sauver ses hommes... mais il sait bien que ça ne servirait à rien. Les Varnans, ignorant ce que j'ai pu leur révéler, ne les laisseront pas s'échapper. De toute façon, ne serait-ce que pour m'avoir aidé, ils ne leur accorderaient pas la vie sauve.*

Le vaisseau frémit, ralentissant brutalement. L'écran de vision intérieur clignota, s'éteignit, puis redevint une fenêtre sur l'espace normal. Ils dérivaient maintenant dans un ciel de feu sous l'énorme masse d'un soleil orange, voilé et flou.

Au bout d'une minute, Dilullo appela : « Bixel, Bixel ! » Puis, de nouveau : « Bixel ! »

La voix de Bixel leur parvint faiblement de la salle de navigation. On avait l'impression qu'il était en train d'éponger le sang qui lui coulait du nez. « Je ne vois rien », dit-il. « Je pense... » Il étouffa et eut un nouveau hoquet. « Je pense que nous les avons semés. »

– Il était temps, murmura Gomez qui était lui-même occupé à s'essuyer le visage. Encore un coup comme ça et vous auriez réduit mes os en gelée.

Chane prédit alors : « Ils ne nous lâcheront pas. » Il vit Gomez et les autres se retourner pour le fusiller du regard. Il prétendit à son tour se sentir faible, se laissant glisser le long de la poutrelle pour s'asseoir sur le sol aux côtés de Dilullo : « Ils savent que nous ne pouvons supporter ce qu'ils endurent, ils savent que nous devons nous arrêter ! »

– Comment se fait-il que vous soyez un tel expert en Loups des étoiles? demanda Gomez, non d'ailleurs d'un ton soupçonneux, mais simplement pour le contrer.

Chane, appuyé contre la poutrelle, fermait les yeux.

– Point n'est besoin d'être un expert, dit-il, pour savoir cela.

Et il pensait : *A combien de chasses ai-je déjà participé? Combien de fois ai-je regardé un vaisseau fuir, virer de bord, faire maints et maints détours, tuant à moitié l'équipage? Pendant ce temps, nous les obser-*

vions, les pistions, attendant tranquillement qu'ils soient à bout de forces. Aujourd'hui, me voici de l'autre côté de la barrière...

Bixel annonça par l'interphone : « Les revoilà ! » Les vaisseaux des Loups surgirent en espace normal, leurs petits échos brillants apparaissant comme de soudaines étoiles sur l'écran radar, loin encore, trop loin pour être visibles, mais fonçant droit sur eux. Les mains de Chane lui faisaient mal, à force de se retenir d'arracher les commandes à Dilullo, mais il garda son calme.

De toute façon, c'était inutile. Le vaisseau des Mercenaires n'était pas plus résistant que les hommes qui l'avaient construit.

– Coordonnées? demanda Dilullo, et la voix fatiguée de Bixel précisa : Ils approchent.

L'ordinateur placé à côté du copilote se mit à cliqueter. Gomez commença à lire les coordonnées fournies par la machine. Chane devinait ce qu'il allait annoncer; il attendit.

– Ils sont en train de nous encercler.

Comme toujours, les Loups changent de formation et se déploient comme d'étincelants éclats d'argent tout autour de la proie épuisée de façon à l'entourer, la mettre hors de combat, puis à s'en approcher et à la détruire...

– Que diable peuvent-ils nous vouloir? rugit Bollard depuis la chambre des machines.

Il y eut un court silence avant que Dilullo ne réponde : « Peut-être simplement nous tuer, c'est dans la nature de la bête... »

– Je ne crois pas, dit Chane, (et il pensa : *Je ne le sais que trop bien.*) Je pense qu'ils nous auraient descendus dès le premier accrochage. Ils veulent sans doute nous aborder. Peut-être ont-ils eu vent de quelque chose dans la Nébuleuse... Peut-être croient-ils que nous sommes au courant...

– Branchez les écrans, ordonna Dilullo.

La voix de Bollard répondit : « Les écrans sont en place, John, mais ils peuvent très bien les saturer; ils sont trop nombreux. »

– Je le sais. Dilullo se retourna vers Gomez : Y a-t-il une brèche dans leur encerclement?

– Rien qu'ils ne puissent refermer bien avant que nous ne nous y engagions...

Bixel, la voix tendue et haut perchée, dit :

– John, ils se rapprochent à fond de train.

Dilullo demanda tranquillement : « Quelqu'un a-t-il une suggestion à me faire? »

Chane répondit : « Prenez-les par surprise. »

– Encore notre expert! ricana Gomez. Allez-y, John, prenez-les par surprise!

Dilullo reprit : « Je vous écoute, Chane. »

– Ils estiment que nous sommes battus. Je n'ai pas non plus besoin d'être un expert pour savoir ça. Ils sont beaucoup plus forts que des gens normaux et comptent là-dessus, car lorsque la plupart des individus s'aperçoivent qu'ils sont impuissants, ils se rendent... Si vous leur foncez dessus, je pense que vous arriverez à briser leur encerclement. Et vous feriez mieux de tenter le coup avant qu'ils ne détruisent nos réacteurs.

Dilullo réfléchit, tandis que ses mains planaient au-dessus des commandes. « Les écrans ne vont pas tenir longtemps, vous savez, nous ne sommes pas un croiseur lourd. »

– Ils n'auront pas à tenir longtemps si vous allez suffisamment vite.

– Je risque de tuer du monde en essayant ça.

– C'est vous le capitaine, répliqua Chane. Vous m'avez interrogé, je me contente de vous répondre. De toute façon, vos hommes mourront si les Loups des étoiles nous capturent, et peut-être pas aussi proprement!

– Oui, reconnut Dilullo. Je crois d'ailleurs qu'il n'est pas nécessaire d'être un expert pour savoir ça. Accélération maximum, Bollard. Et bonne chance à tous. Et il se saisit des leviers de pilotage.

Bien calé contre la poutrelle, Chane sentit que l'accélération le plaquait contre le métal, incrustant sa colonne vertébrale dans l'acier. Autour de lui, la coque du vaisseau soupira, gémit, vibra, se tordit. Il pensa : *il va se briser!* Il s'attendait à entendre le sifflement de l'air s'échappant au travers des cloisons disjointes, puis à voir une dernière fois la Nébuleuse au-dessus de sa tête avant de mourir.

Grâce à l'écran de proue, ils purent observer les nuées embrasées s'étalant devant eux, qui bientôt se dissipèrent comme de la brume de mer déchirée par la proue d'un navire en pleine vitesse. Quelque chose soudain les frappa. L'astronef frémit, roula sur lui-même. Des étincelles d'électricité statique brûlèrent d'une lumière bleue à l'intérieur du poste de pilotage et il y eut une odeur d'ozone. Mais les écrans tinrent bon. Le vaisseau fonçait toujours, accélérant sans arrêt. Il y eut des cris déchirants d'hommes à l'agonie. Chane observait Dilullo. Une seconde fois, le vaisseau fut atteint. Bollard lança d'une voix épaisse et étouffée : « Je ne sais pas, John. Une fois encore, peut-être. »

– Espérons au moins deux, affirma Dilullo.

Puis apparut soudain devant eux, sombre et massif dans la lumière de la Nébuleuse, un croiseur des Loups se ruant à leur rencontre.

– Leurs réactions sont plus rapides que les nôtres, reconnut Dilullo d'une voix étrange. Il riait à moitié, mais il poursuivit imperturbablement sa route.

Chane s'était maintenant redressé. Il se pencha en avant, le ventre noué, le sang lui battant nerveusement les tempes. Il voulait crier : *Allez-y! Allez-y à la manière des Loups ! Foncez parce qu'ils ne croiront pas que vous avez la force ou le cran nécessaires pour le faire. Faites-les se dérober, forcez-les à décrocher.*

Les deux bordées suivantes firent mouche presque simultanément. Chane avait pu voir venir les missiles lancés par les Loups s'épanouir en une pluie d'éclats contre leur écran.

Il pouvait imaginer l'homme qui guidait ce croiseur... un homme certes... un être humain certes, mais différent, modelé par le monde sauvage de Varna jusqu'à un sommet de force et de rapidité... Cette créature à la fourrure brillante, aux joues plates, aux pommettes hautes, souriante, ses grands yeux obliques brillant comme ceux d'un chat, sous l'excitation de la poursuite, devait penser : « Ce sont seulement des hommes, non des Varnans. Ils vireront au dernier moment, ils vont se dérober. »

Quelqu'un criait à Dilullo : « Changez de cap ! Nous allons nous écraser. » Plusieurs Mercenaires se mirent à hurler. Le petit croiseur semblait bondir vers eux, se dirigeant droit vers le cockpit en surplomb du poste de commandement ; dans deux secondes ils allaient entrer en collision.

Les cris atteignirent les sommets de l'hystérie puis s'éteignirent brusquement dans un silence hypnotisé.

Dilullo conservait son cap et sa vitesse, si rigidement que Chane se demanda s'il n'était pas mort à son poste.

Le vaisseau des Loups était maintenant si près qu'on pouvait presque apercevoir la silhouette du pilote derrière la baie de proue. Chane eut dans la bouche une étrange saveur, comme un goût de cuivre, et il sut que c'était la peur. Il imaginait le visage du Loup décomposé par l'étonnement, comprenant au tout dernier moment.

D'une soudaine dérobade qui aurait tué n'importe quelle autre créature vivante, le croiseur des Loups vira par tribord. Chane s'attendait à entendre un grincement de tôles froissées, mais rien ne se produisit.

Le hublot devint sombre lorsqu'ils passèrent en survitesse et se transforma de nouveau en écran d'observation. Dilullo se renversa dans son siège et dévisagea Chane. Dans la luminosité de la Nébuleuse, son visage dur paraissait décomposé, des placards sombres accusant les creux et ses méplats osseux tranchant par leur blancheur.

– Un instant de répit, dit-il. Ils reviendront.

Sa voix était terne mais feutrée, ses poumons cherchant à reprendre leur souffle.

– Mais vous êtes vivants, dit Chane. C'est seulement quand on est mort qu'il n'y a plus d'espoir. Il regardait Dilullo en secouant la tête : Je n'ai jamais rien vu d'aussi bien fait.

– Vous ne verrez jamais rien de mieux, répliqua

Dilullo, jusqu'au jour où je vous tuerai. Il s'effondra à moitié sur son siège, regarda Gomez, le secoua, puis, désignant du pouce les commandes, fit signe à Chane de prendre sa place.

– Remplacez-moi pendant que je vais voir où nous en sommes.

Chane s'installa dans le siège du pilote. Dans ses évolutions, le vaisseau lui parut lent et lourd, mais c'était si merveilleux de se retrouver enfin aux commandes d'un astronef, quel qu'il soit. Il le dirigea vers le cœur de l'amas, s'enfonçant de plus en plus profondément dans la Nébuleuse, suivant les traînées de poussières les plus denses; là où il s'avérerait nettement plus difficile de le suivre.

Dilullo revint et reprit les commandes jusqu'à ce que Gomez puisse le relever. Un homme était mort. Il y avait quatre blessés dans l'infirmerie, y compris le général Markolin. Sauf Morgan Chane, personne n'était en grande forme.

Ils émergèrent à nouveau en espace normal au sein d'un immense serpent de flammes de plusieurs parsecs de long, qui s'enroulait autour d'une douzaine de soleils.

Bixel ayant pu prendre quelque repos après avoir arrêté son hémorragie, restait assis devant l'écran radar. Les hommes dormaient. Même Dilullo s'était assoupi, étendu sur une banquette dans la salle de commandement. Chane somnolait pendant que le temps s'écoulait avec une sorte de lenteur abrutissante.

Le calme se prolongea si longtemps qu'il se prit à espérer que les chasseurs avaient abandonné la poursuite. Mais ce n'était qu'un espoir qui eut tôt fait de s'évanouir lorsque Bixel pressa le bouton d'alarme et hurla dans l'intercom : « Les revoilà! »

Eh bien, pensa Chane, *c'était une tentative intéressante. Une tentative sacrément intéressante.*

XIV

Les petites étincelles voltigeaient sans relâche sur l'écran de contrôle du radar. Dilullo les regardait, l'estomac pris dans un étau. Maudits soient-ils tous! Maudit soit Morgan Chane! Et maudites soient ses propres ruses pour lui sauver la vie! S'il n'avait pas agi ainsi...

Il en serait sans doute au même point, se disait-il en lui-même. La meute des Loups n'avait jamais eu pour réputation de laisser filer la moindre proie quelque peu prometteuse et un vaisseau de Mercenaires pouvait transporter n'importe quoi... disons, par exemple, une fortune en pierres de lumière destinées à la paye de ses occupants.

Et pourtant...

Assis tranquillement dans le poste de commandement, il observait Chane dans l'embrasure de la porte, réfléchissant à ce qui pourrait résulter s'il décidait de l'expulser par un sas, revêtu de son scaphandre et attaché à une fusée éclairante.

Il contempla de nouveau les étincelles qui convergeaient vers lui, et d'un seul coup la fureur l'envahit. Il était si furieux qu'il en tremblait et l'étau qui lui nouait les tripes se desserra soudainement. Maudite soit l'arrogance de ces damnés Loups des étoiles! Il ne lâcherait rien, non parce qu'il savait bien que cela ne les arrêterait pas, mais parce qu'il n'avait pas l'intention d'être bousculé et maltraité comme un petit gosse incapable de se défendre devant les brimades des grands. C'était trop humiliant.

Il se dirigea d'un pas décidé vers le siège du pilote et s'y installa, tout son corps protestant pendant qu'il se harnachait. Il ordonna à tous le silence.

Gomez intervint à son tour et Dilullo lui répondit sèchement de se taire...

– Mais, John, les hommes sont à bout et le vaisseau aussi!

– D'accord, reconnut Dilullo. Alors arrangeons-nous pour qu'il ne reste pas la moindre parcelle d'os ou de viande que ces damnés Loups puissent se mettre sous la dent. Il hurla à Bollard par l'interphone : Pousse tes réacteurs au maximum et ne te soucie pas des écrans!

Il pouvait maintenant voir les astronefs à l'œil nu. Par-dessus son épaule, il dit à Chane :

– Venez ici. Comme ça vous aurez une meilleure vue.

Chane se tenait debout derrière lui, adossé à un longeron.

– Qu'allez-vous faire?

– Je vais m'arranger pour qu'ils nous détruisent, annonça Dilullo, et ses mains se mirent à jouer sur le clavier de commande.

Le vaisseau des Mercenaires bondit en avant, fonçant sur la flotille adverse. La voix de Bixel retentit soudain sur le circuit intérieur. « John! J'ai un autre écho derrière. C'est celui d'une unité lourde, au moins un croiseur! Il est juste dans notre sillage. »

Il fallut à Dilullo quelques instants avant que ces paroles n'atteignent effectivement son cerveau. Il s'était lancé, baigné de fureur, vers une mort rageuse, toute son attention concentrée sur les vaisseaux des Loups. Il entendait très bien Bixel et même les autres qui lui criaient aux oreilles mais tout cela se déroulait comme derrière un mur.

C'est alors que les doigts de Morgan Chane se posèrent sur son épaule, en une étreinte si douloureuse qu'il ne pouvait l'ignorer. Et Chane hurlait : « Un croiseur lourd! Ce doit être un vaisseau vholien, sans doute l'élément de couverture dont Thrandirin nous parlait. Il devait nous attendre et il nous a repérés dès que nous sommes entrés dans le champ de ses radars. »

Le cerveau de Dilullo, sa mâle rage dissipée, recommença à tourner à plein régime. « Relevez sa position », ordonna-t-il à Bixel. « Donnez-moi une estimation de sa trajectoire et de sa vitesse. » Ses yeux se posèrent de nouveau sur les vaisseaux des Loups, cette fois avec une sorte de plaisir sadique. « Dressez les écrans, Bollard! Vite, les écrans! Nous allons fournir à nos amis les Loups quelque chose de solide à se mettre sous la dent. Gomez... branchez-moi l'écran d'observation arrière... »

Dilullo pouvait désormais discerner très clairement la formation des Loups qui lui barrait la route.

Cette flottille était en train de prendre la forme d'un U, dont les deux branches semblaient s'écarter presque gentiment pour mieux l'encercler. Au-dessus de l'écran de proue se matérialisa l'image de ce qui se passait derrière eux : surgi des poussières de la Nébuleuse, un énorme croiseur stellaire se rapprocha à toute vitesse. Dilullo se demanda ce que son capitaine pouvait bien penser en se trouvant confronté à un escadron de Loups des étoiles. Il estima que cela avait dû être un choc plutôt brutal pour le croiseur; lui qui, lancé à la poursuite d'un petit vaisseau de Mercenaires, s'apercevait soudain que le domaine réservé des Vholiens venait d'être envahi par un ennemi beaucoup plus nombreux et nettement plus dangereux.

Pour les Loups des étoiles également, la surprise avait dû être rude... Découvrir un croiseur lourd alors que l'on s'attendait à donner le coup de grâce à une proie forcée.

Sur la longueur d'onde des communications entre vaisseaux, une voix se mit à rugir en un galacto saccadé : « Mercenaires! ce vaisseau est un croiseur vholien. Stoppez vos moteurs, ou nous ouvrons immédiatement le feu. »

Dilullo brancha son émetteur pour répondre à l'ultimatum : « Que faites-vous des Loups des étoiles? »

– Nous nous en chargeons.

– C'est gentil à vous, répliqua Dilullo. Tous mes remerciements; mais je tiens à vous rappeler que nous avons toujours à bord Thrandirin et deux généraux. Je ne voudrais pas prendre le moindre risque concernant leur sécurité.

– Moi non plus, répliqua le Vholien d'un ton décidé, mais mes ordres sont nets : Vous arrêter d'abord et m'occuper des otages ensuite. Suis-je bien clair?

– Parfaitement, reconnut Dilullo, tout en accélérant encore. Le vaisseau s'élança, virant continuellement de bord, de telle sorte qu'il se dirigeait vers les Loups, comme un renard qui s'enfuit, ne donnant jamais l'occasion d'un coup direct au but. De tout cela, le vaisseau se ressentait, les hommes aussi d'ailleurs, mais certainement pas autant que d'une bordée de rayons de pression qui ne les manqua que grâce à cette manœuvre.

L'escadron des Loups, rompant ses rangs, tentait de se disperser de façon à ne pas offrir une cible groupée au feu du croiseur. Ce fut presque par réflexe qu'ils ouvrirent le feu sur les Mercenaires. Le vaisseau de ceux-ci broncha, tangua lorsque, par deux fois, des missiles frappèrent ses écrans, puis il déborda le front adverse, s'éloignant de toute la puissance de ses moteurs. L'écran de poupe montrait derrière eux l'imposant croiseur vholien et les Loups des étoiles aux prises l'un avec les autres, les rapides et dangereux petits bâtiments harcelant et tourmentant sans cesse le vaisseau de ligne comme des chiens à l'attaque d'un ours.

Dilullo leva la tête pour remarquer les yeux noirs de Chane hypnotisés par l'écran, l'expression de son visage trahissant à la fois le soulagement et le regret. Dilullo nota : « Je suis désolé de ne pouvoir rester pour voir qui gagne. »

La bataille s'estompa, masquée par les nuages de poussières, puis même ceux-ci s'évanouirent lorsque la nef des Mercenaires passa en survitesse.

Chane déclara sur un ton dont il ne pouvait masquer l'orgueil : « Ils vont se charger d'occuper le croiseur...

Il a la masse pour lui mais ils ont la vitesse. Ils n'essaieront pas de l'attaquer de front, mais si personne n'intervient, ils réussiront à le saigner à petit feu. »

– J'espère qu'ils vont tous bien s'amuser, répliqua Dilullo d'un ton acerbe, puis il demanda dans l'interphone : Bixel, avez-vous réussi à relever les coordonnées du croiseur?

– Je suis en train de les mettre dans l'ordinateur. Nous reconstituerons dans quelques instants sa trajectoire de départ.

Ils attendirent. Dilullo vit que Chanc le dévisageait avec une expression nouvelle sur le visage... Du respect? De l'admiration?

– Vous étiez vraiment décidés à aller jusqu'au bout, dit Chane. Vous vouliez bel et bien faire en sorte qu'ils nous détruisent pour qu'ils ne puissent rien récupérer...

– Ces Loups des étoiles, déclara Dilullo, sont beaucoup trop sûrs d'eux-mêmes. Un de ces jours, quelqu'un leur tiendra tête et ils en seront tellement surpris qu'ils y laisseront leur peau.

Chane reconnut : « Il fut un temps où je n'aurais jamais pu croire cela, mais maintenant je me demande... »

– Voilà, annonça Gomez, le ruban de l'imprimante jaillissant de l'ordinateur qui cliquetait sous ses doigts.

Il étudia les résultats et traça la course du Vholien sur la carte du ciel. « En extrapolant du relevé de leur trajectoire et de leur vitesse, le croiseur vient probablement de cette zone. » Il en tapa les coordonnées et une micro-carte se matérialisa sous l'agrandisseur, représentant le secteur ainsi délimité. Dilullo se pencha pour l'étudier : le secteur identifié faisait partie d'un des anneaux du serpent de feu. On pouvait d'ailleurs l'assimiler à la tête de l'animal. A l'endroit où ce serpent de plusieurs parsecs de long aurait dû avoir son œil, il y avait une étoile, un soleil vert avec cinq masses planétaires, mais seule l'une d'entre elles étaient suffisamment importante pour mériter le nom de planète. Dilullo se rendit soudain compte qu'il y avait quelqu'un penché sur son épaule. C'était Bollard, sa face ronde toujours placide en dépit d'hématomes peu décoratifs résultant de chocs encaissés et de veines éclatées.

– Tout va-t-il bien aux machines? demanda Dilullo.

– Tout est O.K., bien que nous ne le méritions pas.

– Dans ce cas, je suppose que nous ferions mieux d'aller y jeter un coup d'œil.

Bollard fronça les sourcils en regardant l'étoile verte, œil maléfique du serpent de feu.

– John, c'est peut-être l'endroit, mais il n'y a rien de sûr.

– Nous n'en saurons jamais rien tant que nous n'y serons pas, n'est-ce pas?

– Évidemment, mais pensez-vous parvenir à vous glisser derrière ce croiseur pendant qu'il est occupé avec nos amis les Loups des étoiles?

– Je peux toujours essayer.

– Bien sûr que vous pouvez essayer, mais ne commencez pas à avoir la tête enflée parce que vous venez juste de vous débarrasser des Loups. Certes, il n'y a qu'un croiseur à nous avoir repérés, mais si celui-ci avait été seul, jamais les Vholiens ne l'auraient envoyé en patrouille. Il doit y en avoir un autre, embusqué dans les parages de cette planète, prêt à s'assurer que nous ne tentons pas de débarquer. Et maintenant, il doit savoir à quoi s'en tenir...

– Merci, Bollard, répondit Dillulo. Maintenant, redescendez réconforter vos machines.

Il mit le cap sur l'étoile verte.

Ils émergèrent en espace normal, dangereusement près d'un amas de débris cosmiques dérivant entre les deux planétoïdes les plus extérieurs du système. Ils se cachèrent là, cherchant à se faire passer pour un quelconque astéroïde, orbitant paresseusement avec tous les autres fragments rocheux dans la lumière trouble et voilée de la Nébuleuse. Les gaz denses brillaient d'un vert glacé qui succédait à l'or chaud rencontré autour des soleils jaunes. Le spectacle rendait Dilullo morose et claustrophobe. Il se surprit à chercher son souffle et se demanda ce qui le prenait, puis il se souvint qu'un jour, dans son enfance, il avait failli se noyer au fond d'une mare d'eau verte et croupie.

Il écarta ce cauchemar de son esprit, se rappelant que son père était arrivé à temps pour le sauver mais que papa n'était pas là aujourd'hui et que c'était à lui de se débrouiller. Il se dirigea vers la salle de navigation pour faire le point avec Bixel. Il y avait un grand nombre d'échos parasites sur l'écran du radar à longue portée. Cela prit un bon moment pour les éliminer mais il n'y avait aucun doute quant au résultat.

– Un autre croiseur lourd, annonça Bixel. Il est à l'affût aux alentours de la planète, patrouillant selon un plan d'interception préétabli. Nous n'avons aucune chance de l'éviter.

– Bien, annonça Dilullo. Nous savons au moins que nous touchons au but.

Il revint vers la passerelle de commandement, croisant Bollard dans l'embrasure d'une porte. Ce dernier demanda : « Que faisons-nous maintenant? »

– Donnez-moi au moins cinq minutes pour improviser un plan génial!

Chane fit signe à Dilullo; il se tenait aux côtés de Rutledge à la console centrale de radio. Rutledge venait de se brancher sur la longueur d'onde des communications militaires et Dilullo put entendre des voix discutant en vholien.

– Ce sont les deux croiseurs – celui qui se bat avec les Loups et celui qui patrouille là-bas, annonça Chane. Voici un moment qu'ils communiquent fiévreusement entre eux. Il sourit et de nouveau trahit un orgueil mal dissimulé : Ils paraissent fichtrement embêtés.

– Ils ont quelque droit de l'être, reconnut Dilullo, puisqu'il n'y a pas que nous à envahir leur petite propriété privée, mais aussi toute une meute de Loups. Amenez-moi Thrandirin ici, il nous traduira.

Chane sortit. Dilullo écoutait les voix. Elles paraissaient de plus en plus inquiètes. Comme ils avaient franchi en survitesse la distance relativement courte qui les séparait du lieu de la bataille, peu de temps s'était effectivement écoulé et, aux sons perçus, il paraissait bien que le combat continuait. À tour de rôle, les deux commandants de croiseurs s'interpellaient véhémentement. Dilullo sourit.

– On dirait bien que l'un d'eux appelle à l'aide et que l'autre répond négativement.

Il redevint silencieux lorsque Chane fut de retour avec Thrandirin. Il observait le visage du Vholien et le vit changer d'expression lorsque celui-ci entendit les voix surexcitées dans la radio.

– Les Loups ont l'air de mener la vie dure à votre croiseur, n'est-ce pas? demanda-t-il.

Thrandirin acquiesça.

– Est-ce que celui qui est autour de la planète va aller à son secours?

– Non, les ordres sont parfaitement clairs. Quoi qu'il arrive, un croiseur doit en permanence rester ici pour assurer la surveillance.

Les voix à la radio cessèrent de crier et l'une d'elles annonça quelque chose d'un ton calme et froidement réaliste. Il y eut ensuite un silence.

Dilullo surveillait l'expression de Thrandirin, tout en se rendant compte que Chane, un demi-sourire aux lèvres et les oreilles pointant en avant, se tenait toujours derrière le Vholien. La seconde voix répondit ce qui sembla être un bref acquiescement. On pouvait presque imaginer le visage de l'homme qui venait de prendre la décision, un homme écartelé par ses responsabilités. Puis Thrandirin aboya d'un ton furieux : « Non! »

– Qu'ont-ils dit? demanda Dilullo.

Thrandirin secoua négativement la tête et Dilullo laissa tomber : « Tant pis, si vous ne voulez rien nous dire, nous attendrons et verrons bien. »

Ils attendirent. La radio se tut. La passerelle de commandement était étrangement silencieuse. Assis ou debout, ils demeuraient comme des statues, tous incertains de ce qui les attendait. Soudain, la voix de Bixel leur parvint brutalement par l'interphone.

– John! Le croiseur là-bas vient de modifier sa trajectoire.

– Vient-il par ici?

– Non, il s'éloigne sous un angle de 14° et un azimuth de 28. Il file bon train.

Puis Bixel cria : « Il vient de passer en survitesse. Je l'ai perdu! »

– Alors, que disaient-ils? interrogea Dilullo. Thrandirin le regarda, l'œil haineux et l'air las.

– Il est parti aider l'autre croiseur contre les Loups des étoiles. Il avait un choix à faire... et il a décidé que les Loups étaient une bien plus grande menace que vous.

– Ce n'est pas très flatteur pour nous, reconnut Dilullo mais je ne m'en formaliserai pas puisque cela nous laisse le champ libre.

– Oui, effectivement, reconnut Thrandirin. Allez-y et atterrissez. Il n'y a maintenant personne pour vous en empêcher. Mais dès que nos vaisseaux en auront fini avec les Loups, ils reviendront et, lorsqu'ils vous auront localisés là-bas, vous serez alors impitoyablement anéantis.

Bollard remarqua : « Pour une fois, je suis d'accord avec lui, John. »

– Oui, moi aussi. Vous voulez faire demi-tour maintenant?

– Quoi? s'insurgea Bollard. Et tous les ennuis que nous avons dû surmonter n'auraient servi à rien? Il se précipita vers la salle des machines. Chane, riant intérieurement, escorta Thrandirin vers sa cellule.

Dilullo éloigna le vaisseau des Mercenaires du flot des débris cosmiques et le dirigea vers la planète à pleine puissance.

XV

Dilullo réfléchissait : s'ils avaient eu une notion, même vague, de ce qu'ils recherchaient, les choses auraient été beaucoup plus simples. Malheureusement, il n'en était rien et ils ignoraient combien de temps ils devraient consacrer à leurs recherches ; sans doute serait-ce long.

Dilullo avait saisi l'occasion pour discuter avec Chane en privé.

– Que pensez-vous de la situation ? Vous les connaissez. Vous vous êtes sans doute trouvé dans des circonstances analogues. A votre idée, comment cela se terminera-t-il ?

Chane lui dit : « Les Loups des étoiles sont sans peur mais non sans cervelle. Avec un croiseur lourd, ils tenteraient leur chance et, comme vous avez pu l'entendre, son capitaine s'est vu contraint d'appeler à l'aide. Mais deux croiseurs... non ! Même sans tenir compte des pertes qu'ils ont dû subir, la bataille serait trop inégale pour eux. Ils décrocheront.

– Rompront-ils seulement le combat ou abandonneront-ils définitivement ?

Chane haussa les épaules : « Si Ssander était encore à la tête de la horde, ce serait sans doute un repli définitif. L'escadron a quitté Varna voici déjà bien des semaines et pour beaucoup plus longtemps qu'il ne l'avait initialement escompté. Il s'est trouvé impliqué dans une situation imprévue qui le dépassait... Deux croiseurs lourds. Ssander aurait joué ça à pile ou face tout en se souvenant qu'il était plus sage de survivre et de reporter sa vengeance au lendemain. Je suis persuadé qu'ils vont filer. » Il sourit. « Et à ce moment-là, les deux croiseurs reviendront ici à toute vitesse pour régler le moins important de leurs problèmes. »

– N'oubliez donc pas que vous êtes partie prenante dans ce problème, lui rappela Dilullo.

Le vaisseau des Mercenaires se déplaçait presque au ras de la surface de la planète, beaucoup trop bas pour que cela plût à Dilullo. Mais l'atmosphère était étrangement épaisse, masquant le petit globe sous un rideau de brume presque impénétrable. S'étant suffisamment rapproché du sol, il comprit ce qui causait le phénomène. Ce monde tout entier semblait être la proie d'une vaste tempête de sable, sa surface secouée et fouettée par des vents effrayants. Pour ce qu'on en pouvait distinguer, le sol de cette planète n'était que dunes et rocs. Par endroits, les dunes avaient submergé les travées rocheuses et, telles des forteresses, se dressaient à des hauteurs considérables. Ailleurs, les rocs étaient suffisamment élevés et solides pour contenir les dunes et, entre ces murailles grotesquement érodées, on pouvait distinguer de longues plaines monotones qui apparaissaient sous une teinte plus sombre que l'entassement sableux des dunes. Dilullo n'arrivait pas à déterminer de quelle couleur il s'agissait. Le sable ou la poussière, là-bas sur la Terre, aurait pu varier du brun clair au rouge foncé, mais ici, sous un soleil vert, les couleurs étaient déformées et étranges comme si un enfant s'était amusé à toutes les mélanger; cherchant à savoir à quel abominable cocktail il pourrait aboutir.

– Ce n'est pas exactement un endroit qu'on choisirait pour l'harmonie des couleurs, remarqua Dilullo.

Gomez murmura quelque chose de peu flatteur en espagnol, et Chane, qui traînait encore dans la salle de commandement, regardant par-dessus les épaules de tout le monde, se mit à rire, et déclara : « Si jamais on avait voulu planquer quelque chose dans un endroit où personne ne soit susceptible de le retrouver, cela aurait vraiment été le lieu idéal. »

La voix de Bollard lui parvint de la salle des machines : « Avez-vous repéré quelque chose? »

Lorsque Dilullo lui répondit que non, il poursuivit : « C'est rapidement qu'il nous faut aboutir car ces croiseurs vont revenir incessamment, John. »

– Je suis en train de prier. C'est ce que je peux faire de mieux pour le moment.

Ils passèrent au-dessus de l'hémisphère plongé dans la nuit, scrutant l'obscurité pour discerner d'éventuelles lumières. Ils ne virent rien puis s'engagèrent dans la zone de l'aube naissante, aube qui, au lieu de son rose habituel, se teintait de vert chartreuse et de gris terne. Au-delà, là où le soleil était haut dans le ciel, une rangée de noirs sommets se dessinait sur un fond de dunes, leurs épaulements érodés repoussant les vagues de sable. De l'autre côté de la chaîne de montagnes, sur le versant des vents dominants, au cœur d'une plaine en forme d'éventail aussi lisse que les joues d'une jeune fille, gisait la chose qu'ils recherchaient.

Dès que Dilullo l'aperçut, il sut que ce ne pouvait rien être d'autre. Inconsciemment, il avait immédiatement deviné ce dont il s'agissait dès que Chane était revenu du hangar vholien avec les étranges photos et le disque d'analyseur vierge.

C'était un astronef. Son cerveau lui disait bien qu'il ne pouvait pas exister, qu'il était trop colossal, mais ses yeux voyaient ce qui s'étalait là.

Un astronef comme jamais auparavant il n'en avait vu, ni même rêvé, si gigantesque qu'il n'avait pu être lancé d'une quelconque planète. Il avait dû être assemblé en plein espace, prenant forme dans quelque recoin du vide, sous les mains et les yeux de Dieu sait quels constructeurs. C'était à lui seul un monde libéré de l'attraction des soleils ou de l'influence des planètes. Un monde long, noir, clos, et qui n'était pas destiné à demeurer éternellement sur la même orbite, un monde qui était prévu pour voyager librement dans l'immensité de toute la Création. Il était venu jusqu'ici. Et il y gisait, s'étant finalement échoué sur ce globe misérable où sa forme massive et brisée, inerte et solitaire, s'était définitivement immobilisée, à demi enfouie sous un sable étranger. Chane dit doucement :

– Ainsi, voilà ce qu'ils nous cachaient.

– D'où cela vient-il? demanda Gomez.

– Certainement d'aucun monde connu!

– Un vaisseau de cette taille n'a jamais été construit pour faire simplement la navette entre les systèmes que nous connaissons, répliqua Dilullo. Il n'y a pas une technologie dans notre galaxie, capable de construire cela. Ce vaisseau nous vient du Grand Ailleurs, de la nébuleuse d'Andromède, peut-être, ou même de plus loin.

– Je ne crois pas que cette monstruosité ait été conçue pour se poser sur une planète, et s'il en est bien ainsi, la simple pesanteur a dû être suffisante pour le disloquer, remarqua Chane.

– Regardez! l'interrompit Dilullo. Ils nous ont repérés.

Il y avait au pied des falaises un groupe de dômes de plastiques et de métal d'où les hommes sortaient en courant pendant que le vaisseau des Mercenaires se rapprochait du sol. Dautres hommes apparurent, surgissant des flancs blessés du monstre de l'espace, fourmis grouillant sur la carcasse d'un géant qui avait franchi le sombre gouffre séparant les univers-îles et qui en était mort.

Dilullo s'adressa d'un ton sec à l'ensemble de ses hommes : « Nous entrons en action aussitôt arrivés au sol. Je pense que la plupart de ces hommes sont des spécialistes, des civils, mais certains d'entre eux peuvent tenter d'opposer une résistance et il y a sans doute une unité militaire en couverture. Utilisez les paralyseurs et ne tuez pas à moins d'y être contraints. Bollard... »

– Oui, John.

– Installez-vous dans le compartiment d'assaut et couvrez-vous. Dès que nous aurons occupé la position, nous installerons aussi rapidement que possible une ligne de défense autour des deux vaisseaux. Je vais essayer d'atterrir à proximité même de l'épave. Ainsi les croiseurs ne pourront pas utiliser leurs armes lourdes contre nous sous peine d'endommager leur monumentale trouvaille et je ne crois pas qu'ils tiennent à le faire. Choisissez les hommes dont vous avez besoin, Bollard. O.K., on y va.

Le vaisseau des Mercenaires se posa sur la plaine d'ambre vert, les flancs rugueux et menaçants de la nef étrangère se dressant devant eux comme une falaise de métal. Dilullo ouvrit le sas et sortit à la tête des Mercenaires, tandis que Chane se maintenait aisément à ses côtés comme un chien bien dressé. Les spécialistes vholiens, totalement affolés, couraient de-ci de-là, criaient beaucoup mais ne faisaient pas grand-chose. *Ceux-là ne constituent pas une menace,* pensa Dilullo, puis il vit les autres...

Il y en avait environ une vingtaine, des Vholiens aux cheveux blancs, en tunique réglementaire; ils avaient un aspect d'outre-tombe sous le soleil vert. Ils semblaient sortir de la carcasse du vaisseau. Peut-être y vivaient-ils, le gardant même de leurs compatriotes pour qu'il ne puisse rien survenir d'imprévu et que personne ne s'avise sans autorisation d'en dérober le moindre fragment. Ces hommes avaient des lasers et se déplaçaient avec une redoutable précision de professionnels, courant droit sur les mercenaires.

Bollard ouvrit le feu avec une bordée d'obus à gaz. Les vaisseaux des Mercenaires n'étaient pas dotés de beaucoup d'armements lourds puisqu'ils étaient essentiellement des cargos destinés à transporter les hommes sur les lieux des batailles. Mais souvent ils devaient atterrir ou décoller en plein milieu des zones de combat. Aussi disposaient-ils d'un minimum d'armes à longue portée d'ailleurs essentiellement défensives. Les projectiles à gaz non mortel furent très efficaces pour briser la tentative de contre-attaque.

Les soldats vholiens se mirent à tousser, chancelant sur leurs jambes et portant les mains à leurs yeux. La plupart d'entre eux lâchèrent leurs lasers dès les premiers obus car ils ne voyaient plus où tirer et, de ce fait, redoutait de s'entretuer. Une seconde volée régla leur compte aux traînards. Les Mercenaires, munis de masques à gaz, complétèrent le désarmement des

Vholiens puis les rassemblèrent. D'autres, pendant ce temps, avaient pris en main les civils et cherchaient parmi les dômes un endroit où les enfermer.

– Eh bien, dit Chane, tout ça s'est avéré assez facile.

Dilullo grogna.

– Vous ne semblez pas très satisfait de la tournure prise par les événements?

– Dans ce métier, rien n'est jamais facile, répliqua Dilullo. Si un jour tout se passe bien vous devez généralement payer la note plus tard. Il leva les yeux vers le ciel. Je donnerais beaucoup pour savoir quand ces croiseurs vont revenir.

Ni Chane ni le ciel ne répondirent.

Dilullo s'affaira avec Bollard, hâtant la construction d'un périmètre de défense, débarquant toutes les armes en leur possession, y compris le matériel de démonstration. Il désigna des hommes pour creuser des emplacements dans le sable à l'aide d'engins de terrassement. D'autres enfin sortirent et mirent en place des rouleaux de barbelés en alliage léger et résistant qui s'étaient révélés fort utiles aux Mercenaires sur nombre de mondes hostiles. Ils travaillaient vite et étaient tout en sueur. Et pendant tout ce temps, Dilullo continuait à observer le ciel.

C'était un ciel laid, bouché et triste. Le soleil ressemblait au visage d'un noyé. Il y avait toujours ce symbole de noyade... un visage luisant d'une phosphorescence malsaine au travers de la poussière et des gaz de la Nébuleuse. Le ciel demeurait vide. Le vent se leva. Ils étaient protégés du plus gros par le surplomb de la falaise. Mais le vent ne cessait de hurler au-dessus de leurs têtes, soufflant avec une furieuse détermination par-delà les promontoires de rocs noirs. Une fine pluie de sable s'abattit sur eux, pénétrant les yeux, les oreilles et les bouches, s'infiltrant dans les cols et adhérant aux peaux moites.

Dilullo avait une vaste expérience des mondes étrangers. Il savait évaluer la composition de l'air, ou apprécier la structure du sol sous ses pieds. Ce globe-ci était froid et rugueux, inhospitalier, brutal, et bien que l'air y fût respirable, son odeur en était amère. Dilullo n'aimait pas cette planète. C'était un monde qui s'était détourné de sa tâche de semeur de vie, préférant au fil des millénaires cultiver son égoïste solitude.

Rien n'avait jamais vécu ici. Mais pour une obscure raison, quelque chose ou quelqu'un était venu ici pour y mourir.

Bollard revint pour annoncer que le périmètre de défense venait d'être mis en place et que chacun était à son poste. Dilullo se tourna alors vers la carcasse déchiquetée qui les dominait de toute sa hauteur. Même dans la hâte des préparatifs, il était resté conscient de sa présence, non seulement sur le plan purement physique mais aussi sur le plan spirituel : une étrangeté, un mystère, un froid au cœur et une excitation intense et brûlante qui lui courait le long des nerfs...

– Bixel s'occupe du radar?

– Oui. Jusqu'à maintenant, rien.

– Ayez-le à l'œil et ne le laissez pas rêvasser. Chane...

– Oui?

– Trouvez-moi le spécialiste qui est à la tête de ce projet et amenez-le-moi.

– Où serez-vous?

Dilullo reprit profondément son souffle avant de répondre : « Là-dedans. »

Les Vholiens avaient monté un sas de fortune dans l'une des déchirures aux flancs du vaisseau. Les autres plaies de la coque avaient été colmatées avec des panneaux de plastique résistant, de façon à arrêter le vent et à empêcher la poussière de pénétrer.

Dilullo escalada les marches crissantes qui menaient au sas puis, le franchissant, pénétra dans un autre monde.

XVI

Chane marchait dans l'ombre impressionnante du vaisseau géant, se dirigeant vers le dôme où se trouvaient détenus les Vholiens. A ce moment précis, il ne pensait ni à l'un, ni aux autres. Il imaginait deux croiseurs lourds et une meute de Loups quelque part là-haut dans ce ciel brouillé... se demandant comment tournait la bataille, et qui, déjà, était mort...

Il n'aimait pas ressentir un tel déchirement intérieur. Il haïssait les Loups des étoiles, souhaitait les voir anéantis, savait qu'ils le tueraient sans aucune pitié et cependant... Ces heures à bord du vaisseau des Mercenaires avaient été parmi les plus pénibles de sa vie. Il n'était pas normal d'avoir à combattre sa propre race, tout en devant féliciter l'homme qui venait de la tenir en échec, simplement parce que vous lui aviez indiqué la tactique à employer. Chane ne put se souvenir d'une période de sa vie où les choses ne lui semblaient pas prosaïque et simples; il était un Loup des étoiles, fier et vigoureux, membre à part entière de la horde, et la galaxie lui apparaissait comme une vaste cour de récréation, remplie de butin et de fracas, où il était possible d'agir comme bon vous semblait. Maintenant, puisque ses frères s'étaient retournés contre lui, il était contraint de se mêler aux moutons, perspective déjà suffisamment désagréable et, en outre, il commençait à éprouver de la sympathie pour l'un d'eux. Dilullo n'était qu'un humain mais il ne manquait pas de cran. Aucun Loup des étoiles n'aurait pu faire mieux. Cela troublait Chane de le dire, ne serait-ce qu'à lui-même, mais c'était la vérité...

Malédiction. Et là-haut, que faisaient donc ces rapides petits vaisseaux face aux croiseurs de Vhol? Les Loups, c'était certain, en avaient mis un en fâcheuse posture, sans quoi le second ne serait jamais allé à son secours. Chane sourit avec un orgueil sans complexe. Les Vholiens venaient de livrer ce monde aux Mercenaires sur un plateau d'argent plutôt que de courir le risque de voir les Loups y effectuer un raid. Un croiseur lourd, les Loups à la rigueur, pouvaient en venir à bout, mais certainement pas deux. Il songeait : *Je devrais être là-bas en train de vous aider, au lieu de me sentir heureux que les Vholiens vous aient accrochés et de souhaiter que leurs vaisseaux vous pulvérisent.*

Comme d'ailleurs ils pulvériseraient également Dilullo lui-même et le reste des Mercenaires lorsqu'ils seraient de retour.

Eh bien, voilà qui réglerait tous ses problèmes. Il détestait cette inhabituelle introspection qui le contraignait à mettre au jour des émotions que jamais auparavant il n'avait été obligé de trahir. Au diable toute cette histoire!

Il était arrivé devant le dôme et y pénétra. Les Vholiens étaient tous parqués dans ce qui semblait être un dortoir ou une salle commune, surveillés par les yeux attentifs et les paralyseurs armés de quatre des Mercenaires encadrés par Sekkinen.

Après avoir exposé à Sekkinen le désir de Dilullo, il lui fallut plusieurs minutes, du fait d'un brouhaha quasi hystérique, pour commencer à interroger en galacto, les prisonniers civils. Finalement, ils dénichèrent un long et mince Vholien d'apparence professorale, revêtu d'une tunique bleue fripée et qui dévisagea les Mercenaires, de l'air à la fois sourcilleux et craintif de l'universitaire soudain confronté à des hommes brutaux et rudes. Il admit que son nom était Labdibdin et qu'il était effectivement à la tête de la présente mission de recherche.

– Mais, ajouta-t-il, je tiens tout de suite à préciser qu'en aucun cas je ne coopérerai avec vous.

Chane haussa les épaules : « Vous parlerez de tout cela à Dilullo. »

– Ne le laissez pas filer, lui conseilla Sekkinen.

– Il ne m'échappera pas.

Chane saisit le bras de Labdibdin, mettant dans sa prise sa vigueur de Varnan, ce qui amena le Vholien à grimacer de douleur. Il lorgna Chane, étonné d'une telle puissance dans la poigne d'un humain. Chane lui sourit et dit : « Il ne vous arrivera rien. Suivez-moi sans histoire. »

Le Vholien obéit. Il marcha d'un pas raide devant Chane qui sortit du dôme pour fouler de nouveau le sable glacé s'étendant sous le ventre pansu et affaissé de la nef démesurée. *Ce vaisseau doit faire un mille de long au moins,* songea Chane, *et son diamètre dépasse le quart de sa longueur...* Il était évident qu'un tel appareil n'avait jamais été conçu pour atterrir.

Il commençait à s'exciter, s'émerveillant des proportions, imaginant la provenance de la nef, la raison de son naufrage et le contenu de sa coque. Le flair du Loup des étoiles détectait ici une douce odeur de butin.

Puis il se souvint que c'était Dilullo le patron et son ardeur se refroidit, car celui-ci avait une foule d'idées étranges concernant la morale et la propriété.

Il propulsa le Vholien en avant avec une brutalité inutile, pour lui faire grimper les marches conduisant au sas.

Une passerelle reliait les deux bords d'un gouffre sombre qui s'enfonçait bien au-dessous du niveau de sable, au cœur même du vaisseau. A l'extrémité de la passerelle, on aboutissait à un corridor transversal qui se prolongeait à perte de vue de part et d'autre. Un éclairage de fortune avait été installé par les techniciens vholiens. Il jetait une lumière froide, miséreuse et totalement inadaptée aux lieux, un peu comme des allumettes dans le ventre de la baleine de Jonas... L'éclairage révélait que, dans le corridor, les panneaux de revêtement étaient du même or pâle que celui qu'il avait découvert dans le hangar, là-bas sur Vhol. Ce métal devait offrir une très grande résistance aux chocs, car les parois étaient relativement intactes, gauchies de-ci de-là mais jamais brisées. Sur toute sa longueur, le corridor était déformé et le plancher jouait aux montagnes russes, mais même ainsi il n'était pas fissuré.

La paroi intérieure était percée d'ouvertures de portes, distantes de plus de cinquante pieds les unes des autres. Chane franchit la plus proche.

Il se retrouva soudain perché comme un oiseau au beau milieu de ce qui lui parut être un muséum cosmique.

Il n'avait aucun moyen d'évaluer les dimensions, ni la forme de cette salle. Elle se prolongeait bien au-dessus de sa tête et se diluait dans la nuit, en dessous, très loin de la surface du sol extérieur. A droite comme à gauche, les murs de ce musée s'estompaient dans l'obscurité où, de loin en loin, on pouvait distinguer la lueur des maigres lampadaires.

Il se tenait sur une étroite coursive. Au-dessus comme au-dessous de lui s'étageaient d'autres galeries et, de chaque niveau, jaillissaient des passerelles s'épanouissant en de vastes toiles d'araignées. Ces toiles reliaient entre eux les différents étages de ce muséum. L'ensemble de ces passerelles était interconnecté verticalement grâce à des rangées de cages d'ascenseurs. Les ascenseurs et les passerelles avaient été prévus pour assurer l'accès à tous les niveaux, vers les énormes resserres qui occupaient les lieux régulièrement alignés comme les bâtiments de quelque cité fantastique. Une fois de plus le métal d'or pâle avec lequel toutes ces superstructures avaient été réalisées avait prouvé sa résistance. La parfaite symétrie originale avait subi d'inévitables torsions et déformations, les passerelles étaient de guingois et les caissons avaient perdu leur régularité; probablement y avait-il aussi vers le bas d'autres dommages qu'il ne pouvait évaluer, mais dans l'ensemble la salle avait fort bien résisté.

Et il y avait là suffisamment de butins fabuleux pour mettre en joie quatre générations de Loups des étoiles.

Chane s'adressa à Labdibdin d'une voix feutrée par un immense respect : « Ils devaient être les plus grands pillards de l'Univers. »

Labdibdin le toisa avec un évident mépris.

– Ce n'étaient pas des pillards, mais des savants, des collectionneurs de connaissances.

– Oh! s'exclama Chane. Je vois. Tout dépend de celui qui est en cause!

Il poursuivit sa route sur une passerelle tordue, se tenant de la main à la rambarde et poussant Labdibdin devant lui. Les hublots transparents de la plus proche resserre n'autorisaient qu'une vue imparfaite de son contenu, mais il existait un passage permettant d'y pénétrer à partir de la passerelle. Le plastique, pourtant résistant, des caissons était par places fendu et écorné. Chane s'insinua par l'ouverture déformée et se retrouva dans une large pièce bondée de coffres matelassés.

Des coffres entiers de pierres rares... diamants, émeraudes, rubis, gemmes précieuses ou semi-précieuses en provenance de toute la galaxie. Mêlées à celles-ci, il y avait d'autres pierres, morceaux de granit et de basalte, fleurs de sable, fragments de marbres et tout un lot de pierres qu'il ne pouvait identifier... uniquement des pierres, et toutes réunies là.

Des coffres d'artefacts : larmes courbes d'acier argenté de la constellation d'Hercule avec leurs poignées finement ciselées, haches grossières venant de mondes arriérés, aiguilles, épingles, poteries, récipients, casques d'or habilement travaillés aux crêtes ornées de gemmes, anneaux, boucles, ceinturons, marteaux et scies. Chane en était abasourdi...

– Et ce n'est là qu'un faible aperçu... remarqua Labdibdin. Apparemment, ils projetaient de classer tout cela plus tard, lorsqu'ils en auraient eu le loisir, sans doute durant leur voyage de retour.

– De retour vers où? demanda Chane.

D'un air profondément perturbé Labdibdin répondit : « Nous ne savons pas encore très bien. »

Chane tendit le bras, posant la main sur l'un des coffres qui contenaient les bijoux. Le couvercle de plastique était froid sous ses doigts mais il ressentait l'éclat des pierres rouges, vertes ou multicolores comme s'il se fût agi d'une brûlure...

Labdibdin se permit un sourire amer.

– Ces coffres étaient à ouverture automatique. Vous passiez une main devant cette petite lentille et le couvercle se soulevait. Les circuits d'alimentation sont morts à présent. Pour ouvrir ce coffre, il faudrait le faire sauter.

– Dans l'immédiat, ce n'est pas très indiqué, reconnut Chane qui soupira : Pour le moment contentons-nous de trouver Dilullo.

Ils le découvrirent sans trop de peine, déambulant un peu plus loin, les yeux fixés sur une série de boîtes remplies de poussière. Pour ce que Chane pouvait en voir, c'était vraiment de la poussière très ordinaire.

– Des variétés de terre, expliqua Labdibdin. Il y en a des milliers ici, ainsi que des collections de plantes, des échantillonnages d'eaux, de minéraux, de gaz, sans doute des prélèvements d'atmosphères, tout cela provenant des mondes qu'ils avaient visités, ainsi d'ailleurs que d'innombrables objets manufacturés de toutes sortes.

– Et pour les armes? demanda Dilullo.

– Il y avait quelques exemplaires d'armes parmi les artefacts collectionnés mais les engins vraiment sophistiqués avaient été rendus définitivement inoffensifs...

Dilullo coupa d'un ton sec : « N'essayez pas de noyer le poisson. Je me moque pas mal de celles qu'ils avaient collectionnées, je m'intéresse uniquement à leur propre matériel, aux armes de ce vaisseau. »

Labdibdin, le menton en avant, répondit, choisissant ses mots, comme s'ils lui pesaient :

– Nous n'avons trouvé aucune arme sur ce vaisseau, excepté quelques spécimens désamorcés réunis ici.

– Je ne peux vous en vouloir de mentir, reconnut Dilullo. Vous ne voulez évidemment pas me fournir une arme susceptible d'être retournée contre ceux de votre race. Mais la moitié de l'amas se monte la tête à propos des engins que vous détenez ici... à propos aussi de la super-arme qui vous permettra la conquête de Kharal.

Les pommettes de Labdibdin rosirent légèrement. Chane, pour la première fois, pouvait observer une ébauche de coloration chez ces gens à la peau blanche comme marbre. Les poings du Vholien se serrèrent et il se mit à en marteler désespérément la rambarde.

– Des armes, disait-il, des armes. Sa voix s'étouffait. Mon propre peuple n'a cessé de me harceler pour que je lui trouve des armes qu'il puisse utiliser et il n'y en a pas à bord de ce vaisseau. Il n'y a pas la moindre archive qui fasse allusion à des armements d'aucune sorte. *Les Krii n'utilisaient pas d'armes!* Je n'ai cessé de le proclamer, mais ils ne veulent pas me croire...

– Les Krii?

– La race qui a construit cette nef. De la main, il fit un geste ample, englobant toutes les collections du muséum. Dans toutes ces resserres, sans aucune exception, il n'existe pas un seul spécimen d'être vivant, pas un oiseau, pas un seul insecte. Pour les Krii, la vie était sacrée. Je vais vous montrer quelque chose.

Courant presque, il s'éloigna d'eux. Dilullo regarda Chane. Ils haussèrent tous les deux les épaules, surpris par la violence de la réaction du Vholien et ne croyant pas un mot de ce qu'il affirmait.

– Gardez un œil sur lui, murmura Dilullo et ils se lancèrent à la poursuite du Vholien.

Dilullo avançait prudemment sur la passerelle gondolée car d'où ils se trouvaient tous les deux on ne pouvait distinguer le sol mais Chane galopait allègrement aux trousses de Labdibdin. Celui-ci les conduisit à un ascenseur de secours monté là par les Vholiens et fonctionnant grâce à une génératrice portative. Ils s'y engouffrèrent et la cabine descendit en cahotant dans les entrailles du vaisseau, passant niveau après niveau, soute après soute, à travers l'incroyable amoncellement de fragments et d'objets de toute une galaxie. Le monte-charge s'arrêta et Labdibdin les entraîna dans une grande salle oblongue qui visiblement avait été le centre coordinateur du vaisseau et qui d'ailleurs avait conservé le même usage pour les techniciens vholiens qui travaillaient là.

Il subsistait encore une bonne partie de l'ameublement original, bien que les Vholiens y eussent installé quelques commodités indispensables. Chane eut un choc en entrant dans cette pièce. La hauteur de la table qui se tenait au centre lui donna soudain l'impression d'être un enfant dans un monde d'adulte. Les sièges tarabiscotés qui l'entouraient étaient beaucoup trop étroits pour s'accommoder d'un postérieur même aussi peu volumineux que le sien. Rien d'étonnant à ce que les Vholiens aient tenu à apporter leurs chaises. Les sièges avaient la patine que confère aux objets un long usage. Ils portaient les marques discrètes d'une utilisation prolongée. Ici quelqu'un ou quelque chose s'était assis et avait travaillé, manœuvrant les mécanismes complexes dotés de dispositifs de commande non destinés à des mains humaines, quelqu'un qui avait usé les touches polies et brillantes, et creusé le rembourrage des sièges...

– Combien de temps? demanda Chane. Je veux dire depuis combien de temps estimez-vous qu'ils étaient à bord de ce vaisseau?

– C'est une question stupide, répondit brutalement Labdibdin. La notion de durée varie d'une race à l'autre. Entendez-vous par là une période mesurée dans nos unités de temps ou dans les leurs? Des années, des décennies ou peut-être seulement des mois! Et c'est là une chose que j'aimerais tant savoir!... Regardez ici.

Il se tenait face à une sorte de socle d'assez bonne taille fabriqué dans le même métal doré. A sa base, il y avait une console munie d'un clavier à touches. « L'ensemble a une alimentation autonome indépendante du vaisseau », dit-il. Et il tendit les doigts vers les commandes.

Chane posa sa main sur la nuque de Labdibdin et annonça doucement : « Je peux vous rompre le cou. Aussi, faites attention. »

– Ah! Ne soyez pas idiot! grogna Labdibdin. Les armes, les armes!... Vous êtes bien comme ceux de Vhol. Vous ne pensez qu'à ça.

Un chatoiement apparut au-dessus du piédestal. Labdibdin se tourna vers Dilullo pour lui demander : « M'autorisez-vous à continuer ? »

Dilullo observait tout : le Vholien, la pièce, Chane, les rangées d'objets étranges et incompréhensibles rassemblés ici et là pour y être étudiés. Il donnait l'impression de surveiller également l'extérieur de la nef et d'évoquer dans son esprit la laideur du ciel vert en s'interrogeant sur l'instant de réapparition des deux croiseurs. Il paraissait écouter quelque chose, bien au-delà du grand silence submergeant le vaisseau géant. Il acquiesça de la tête et Chane recula d'un pas. Labdibdin, grommelant, se saisit d'une très curieuse paire de gants munie de longues tiges métalliques minces qui lui prolongeaient la plupart des doigts. Il les enfila et commença à picoter délicatement les touches du clavier.

Une image tri-dimensionnelle se dessina dans le chatoiement au sommet du socle. Chane fixait des yeux le spectacle puis demanda : « Qu'est-ce donc que cette créature ? »

– Vous êtes un Terrien et vous ne le savez pas ?... s'étonna Labdibdin. C'est un animal qui a été enregistré là-bas.

Dilullo intervint : « Oui, c'est une espèce d'oiseau terrestre, mais que voulez-vous démontrer par là ? »

Labdibdin poursuivit : « Vous démontrer ma bonne foi. Les Krii n'attentaient à la vie de rien ni de personne. Ils collectionnaient uniquement les images. »

Il se remit à tapoter la console avec les tiges ; en une rapide succession des images apparurent et disparurent : des insectes, des poissons, des vers, des araignées.

Labdibdin éteignit l'appareil et, ôtant ses gants, se retourna. Il regardait Chane et Dilullo avec l'air hagard d'un homme persécuté, malgré son apparente arrogance professorale.

– Fasse le ciel que quelqu'un veuille un jour me croire. Il semble qu'il y avait bien à bord un système de défense, une sorte d'écran particulièrement puissant qu'ils utilisaient pour protéger leur nef. Nous n'avons pas pu le remettre en route.

Dilullo secoua la tête : « Il ne pourrait fonctionner ici même si vous disposiez de la puissance nécessaire. Un écran de force ne marche que dans l'espace mais non lorsque le vaisseau est en contact avec le sol. L'énergie se met instantanément à la terre et se dissipe. »

Labdibdin en convint : « C'est ce que les techniciens nous ont dit. Mais de toute façon une chose est sûre. Les Krii n'utilisaient pas d'armes offensives! »

Chane hocha négativement la tête : « C'est totalement impensable. »

– Je commence à le croire, reconnut Dilullo. Les Krii, les appeliez-vous? Vous avez dû déchiffrer leurs archives, n'est-ce pas?

– Une partie, admit Labdibdin. Les meilleurs philologues de Vhol se trouvent ici et travaillent jusqu'à l'épuisement. Je vous le dis. Ils nous ont aiguillonnés et talonnés jusqu'à ce que nous soyons tous sur le point de tomber; insistant pour que nous découvrions ce qu'ils voulaient, à savoir un engin capable de pulvériser une planète. Ils ne semblaient pas se soucier moitié autant du vaisseau lui-même, ou des connaissances extraordinaires que nous pourrions acquérir par son étude systématique. – Sa main courut amoureusement le long du bord de la table. – De la matière venue d'une autre galaxie, d'un autre univers, des formes de vie totalement étrangères, une table atomique entièrement différente. Que de choses à apprendre! Mais nous devons passer notre temps à orienter nos efforts vers la découverte d'armes qui n'existent pas. Nous allons y perdre beaucoup...

– Une autre galaxie? demanda Dilullo. Une table atomique différente? Je ne m'étais pas trompé de beaucoup. Que savez-vous donc de ces Krii?

– Ils se consacraient uniquement à l'étude. Ils s'étaient apparemment attelés à la tâche d'explorer toute la Création. On peut imaginer que d'autres nefs dans d'autres galaxies continuent à exécuter les mêmes missions de collecte d'échantillons. Leur niveau technologique doit être incroyablement élevé.

– Cependant, ils se sont écrasés.

– Ce n'est pas exactement ça. Disons plutôt qu'il s'agit d'un atterrissage en catastrophe et il était évident que cette nef n'avait jamais été conçue pour toucher le sol. Quelque chose a dû survenir... La partie endommagée du vaisseau est quasi intégralement détruite et les archives se rapportant à l'atterrissage sont très brèves et très imprécises. Mais il semble qu'il y eut une explosion dans l'un des accumulateurs d'énergie, explosion qui endommagea si gravement les mécanismes conditionnant la vie à bord qu'ils ne purent envisager d'entreprendre le voyage de retour. Il est certain qu'il n'y avait rien dans toute cette galaxie qui pût leur être d'une quelconque utilité, soit pour réparer, soit pour remplacer les pièces détruites. Ils paraissent avoir délibérément choisi ce monde bien caché au cœur de la Nébuleuse, sans doute à cause de son isolement et de son absence de vie. Et ce fut vraiment par le plus grand des hasards qu'un prospecteur vholien, à la recherche de minerais rares, découvrit le vaisseau.

– C'est une place convenable comme cimetière, apprécia Dilullo.

– Avez-vous découvert quelques cadavres de Krii dans l'épave?

– Oh oui, dit Labdibdin, certainement, nous en avons trouvé un bon nombre.

Il regarda Dilullo avec des yeux obsédés et ajouta : « Il n'y a qu'une chose... ils ne semblent pas être morts. »

XVII

Ils s'étaient enfoncés au cœur même du vaisseau, descendant un long corridor où le bruit de leurs pas résonnait bruyamment le long des couloirs de métal, l'écho se perdant derrière eux dans un silence impressionnant. Les lumières étaient rares dans cette partie de la nef et séparées par de longs intervalles de pénombre.

– Nous ne venons pas ici très souvent, expliqua Labdibdin.

Il parlait très doucement, comme s'il redoutait d'être entendu par quelqu'un d'autre que les deux Terriens. De son hostilité première et affichée, le Vholien était passé à un stade de quasi-coopération.

Dilullo pensait : *C'est un homme qui vit depuis trop longtemps sur ses nerfs; pour lui c'est un soulagement de parler à quelqu'un, même à nous... de briser cette étouffante atmosphère de secret. Il a été trop longtemps emprisonné ici, pratiquement enterré dans ce vaisseau avec... avec je ne sais quoi qu'il s'apprête à nous montrer, quelque chose de suffisamment inquiétant pour lui affaisser les épaules et lui rendre les jambes flageolantes. Il est sur le point de craquer et cela n'a rien d'étonnant.*

Le bruit de leurs pas retentissait indécemment dans les oreilles de Dilullo et pour lui cela avait quelque chose de dangereux. Il était parfaitement conscient du silence qui l'encerclait, de la vaste masse noire qui l'entourait. Il se rendait compte de sa propre insignifiance : insecte rampant dans les entrailles d'une montagne étrangère. Ce qui était pire, c'est qu'il se sentait un insecte intrus, s'emparant insolemment de la propriété de quelqu'un ou de quelque chose de foncièrement étranger.

Dilullo se demanda ce que pensait Chane. Ce dernier ne semblait pas manifester le moindre émoi. Ses yeux noirs et brillants étaient toujours les mêmes, perpétuellement en alerte, s'intéressant à tout, mais ne paraissant jamais trahir de conflits intérieurs. Peut-être était-ce la meilleure façon d'aborder la vie que de prendre les événements comme ils se présentaient, jour après jour, minute après minute, sans jamais se troubler inutilement et sans jamais chercher à aller au-delà de la simple apparence extérieure des choses. C'est toujours lorsque vous vous mettez à penser que vous vous compliquez la vie.

Mais Chane était-il bien aussi terre à terre qu'il le semblait? Dilullo, soudain, se mit à en douter.

Labdibdin fit un signe bref : « Nous y sommes presque », murmura-t-il. « Je vous en prie, faites attention! »

Le profil lisse et brillant du corridor se transforma en une superposition d'anneaux métalliques s'emboîtant télescopiquement les uns dans les autres. « C'est pour absorber les chocs », expliqua Labdibdin qui, d'un geste des deux mains, matérialisa la structure en accordéon de l'endroit qu'ils parcouraient.

– Cette pièce est ancrée au centre d'un réseau de tubes flexibles, de telle façon qu'à moins d'une complète destruction du vaisseau, rien ne puisse l'affecter.

Dilullo avança précautionneusement, levant un pied après l'autre pour ne pas trébucher.

Il y avait là une porte ouverte et quelques maigres lumignons vholiens au-delà. L'encadrement de la porte était excessivement haut et étroit. Lorsque Dilullo en franchit l'embrasure, ses deux épaules frôlèrent les montants.

Il avait sa petite idée sur ce qu'il allait voir, mais n'était absolument pas préparé à ce qui l'attendait. A ses côtés, Chane jura entre ses dents en Varnan et sa main se porta automatiquement à son paralyseur. Dilullo se dit : *S'il était vraiment un Loup, il serait là en train de gronder rageusement, les oreilles aplaties, le poil dressé et la queue repliée sous son ventre. Et moi aussi, je me sens un peu comme ça... ou plus exactement, je me sens comme un singe nu, tremblant, recroquevillé dans la nuit, pendant que rôde la peur.*

Car ces êtres suscitaient la peur. Non la peur rationnelle, qui est un mécanisme de survie, mais la peur aveugle et instinctive qui glace la chair... la réaction xénophobe du protoplasme devant ce qui est complètement étranger et incompréhensible.

Il comprenait maintenant pourquoi les Vholiens ne venaient pas souvent ici rendre visite aux Krii.

Il y avait peut-être une centaine de ceux-ci. Ils étaient assis en rangées régulières, chacun d'eux bien droit dans l'un des sièges étroits et surélevés, un peu dans l'attitude des anciens Pharaons, les membres inférieurs presque joints, les membres supérieurs avec les longs et délicats appendices qui leur servaient de doigts reposant sur les accoudoirs des cathèdres. Ils portaient simplement une ample draperie et leur corps semblait fait d'ambre noir dont ils avaient non seulement la couleur, mais aussi la consistance. Quant à leur forme, on aurait pu la rapprocher tout autant du règne animal que végétal ou même d'une combinaison des deux, ou plus éventuellement d'un troisième règne qui défierait l'analyse dans le vocabulaire de notre galaxie. Ils étaient très grands, très minces et paraissaient ne posséder ni muscles ni articulations, donnant l'impression de former un tout, comme les algues en ruban qui tournoient dans les flaques laissées par la mer descendante. Leur visage consistait essentiellement en deux grands yeux opalescents, enfoncés dans une tête longue et étroite. Ils possédaient des évents sur le côté de la tête et une petite bouche plissée qui semblait figée pour l'éternité. Leurs yeux étaient grands ouverts et semblaient plonger droit dans le cœur de Dilullo. Il se tourna vers Labdibdin pour échapper à cette centaine de paires d'yeux qui le dévisageaient. « Qu'est-ce qui vous fait penser qu'ils ne sont pas morts? Ils ont l'air pétrifié. « Mais au plus profond de lui-même, il savait que Labdibdin avait raison.

Labdibdin expliqua : « Parmi les archives que nous avons déchiffrées se trouvait un message envoyé par eux après leur atterrissage en catastrophe. Ce message donnait les coordonnées de ce système et annonçait... (il se passa nerveusement la langue sur les lèvres, jetant un coup d'œil sur la rangée de silhouettes) et annonçait qu'ils attendraient. »

– Vous voulez dire qu'ils ont envoyé un S.O.S.?

– Apparemment, oui.

– Et ils disaient qu'ils attendraient? demanda Chane. Je suis persuadé qu'aucun secours n'est jamais venu et qu'ils ont attendu trop longtemps.

Il avait surmonté le premier choc et décidé que ces êtres étaient inoffensifs. Il s'approcha pour en examiner un de plus près.

– N'avez-vous pas, par hasard, tenté d'en disséquer un pour vous en assurer?

– Essayez de le toucher, répondit Labdibdin. Allez-y, essayez.

Chane avança prudemment la main. Celle-ci fut stoppée dans l'air à une cinquantaine de centimètres du corps du Krii. Et Chane dut la retirer précipitamment en la secouant. « C'est froid », annonça-t-il. « Non, pas exactement froid. Plutôt glacé et picotant. Qu'est-ce que c'est? »

– La stase, précisa Labdibdin. Chaque chaise est une unité autonome avec sa propre source d'énergie. Chaque occupant est englobé dans un champ de force qui l'immobilise dans l'espace et dans le temps, une sorte de petite bulle extra-dimensionnelle qui l'enveloppe comme un cocon et qui est totalement impénétrable...

– N'y a-t-il pas moyen de couper le circuit?

– Non, le mécanisme lui-même est auto-encapsulé. C'est un système de survie très soigneusement conçu et construit. Dans un champ de stase, ils n'ont besoin ni d'air, ni de nourriture puisque le temps est ralenti jusqu'à l'arrêt, de même que leurs fonctions physiologiques. Si besoin est, ils peuvent attendre toute l'éternité dans la plus grande sécurité. Rien ne peut les atteindre ni les blesser en aucune façon. Non, d'ailleurs, que nous souhaitions les maltraiter.

Labdibdin dévorait des yeux les Krii. « Nous aurions tant désiré leur parler, les étudier, connaître leurs pensées et leurs buts. J'avais même espéré... »

Il s'arrêta et Dilullo lui demanda : « Espéré quoi ? »

– Nos meilleurs mathématiciens et astronomes ont essayé d'établir une échelle de temps comparable à celle des Krii. Ainsi ils se sont efforcés de déterminer, d'après ces normes temporelles, la date d'émission du message de détresse et d'évaluer le laps de temps qui séparerait la réception du S.O.S. de l'arrivée du vaisseau de secours. Les choses ne furent pas faciles et nos savants ont abouti à quatre dates possibles pour l'apparition de ce vaisseau. L'une d'elles correspond approximativement au moment présent.

Dilullo secoua la tête : « Tout cela va un peu trop vite pour moi. J'ai ici un vaisseau intergalactique avec tout son équipage aligné là en train de me regarder et maintenant voilà qu'on me parle d'une autre nef cosmique qui viendrait à la rescousse et vous m'annoncez qu'elle est sur le point d'arriver, n'est-ce pas ? »

– Nous ne *savons* pas, reconnut Labdibdin d'un ton dépité. Il s'agit seulement de l'une de nos quatre estimations. Et « maintenant » peut tout aussi bien vouloir dire hier que demain ou dans un an. Cependant, c'est la raison qui a poussé Vhol à nous mettre l'épée dans les reins, juste au cas... En ce qui me concerne, j'ai trop espéré que cette nef arriverait pendant notre séjour ici, escomptant ainsi pouvoir entrer en contact avec eux.

Chane sourit : « Ne pensez-vous pas qu'ils seront plutôt furieux lorsqu'ils découvriront que vous avez fouiné dans leurs biens ? »

– Probablement, reconnut Labdibdin mais leurs savants, je pense, comprendraient. Ils n'apprécieraient certainement pas toute cette histoire de chasse aux armes, mais reconnaîtraient notre désir profond d'apprendre. Je suis sûr qu'ils conviendraient que nous nous *devions* de mettre le nez dans leurs affaires. »

De nouveau, il se tut, puis, d'un ton triste, reconnut : « Toute cette affaire a été un effroyable gâchis. Nous avons été pressés et harcelés, sommés de nous occuper d'objectifs sans intérêt. De mon existence, c'est certainement la seule chance que nous aurons d'augmenter, ne serait-ce qu'un peu, notre connaissance des autres galaxies. Et ces stupides bureaucrates, là-bas sur Vhol, ne peuvent penser à rien d'autre qu'à leur misérable petite guerre avec Kharal! »

Chane haussa les épaules : « Chacun a sa propre idée de ce qui est important. Les Kharalis seraient beaucoup plus intéressés par l'existence éventuelle d'une super-arme qu'ils ne le seraient si on leur proposait l'étude de cinquante galaxies. »

– Les Kharalis, affirma Labdibdin sont des gens ignorants et obtus.

– Effectivement, reconnut Chane, qui se tourna vers Dilullo. Les Krii, non plus, ne nous sont pas d'un très grand secours. Ne pensez-vous pas que nous devrions retourner au vaisseau?

Dilullo acquiesça. Il eut un dernier regard sur les rangées de créatures, ni mortes ni vivantes, patiemment assises là en attendant leur résurrection. Il songeait que leur caractère étranger allait bien au-delà d'une question de forme ou de substance. Il ne parvenait pas bien à analyser ce qu'il entendait par là. Puis il se dit : *C'est leur visage. Il suggère un calme olympien, non par l'aspect physique, mais par l'expression intime. Ce sont des visages qui n'ont jamais connu la moindre passion d'aucune sorte.*

– Vous aussi, vous l'avez vu? s'enquit Labdibdin. Je suppose que cette espèce a dû évoluer au sein d'un environnement paisible, dans une biosphère sans ennemis et partant, sans nécessité de combattre pour survivre. Ne serait-ce qu'en eux-mêmes, ils n'ont jamais eu à lutter, n'ont jamais souffert pour apprendre un jour à se détourner de la violence, pour rechercher d'autres voies... Tout cela leur est étranger. A en juger par leurs archives, ils ne connaissent rien de l'amour.

Ils semblent être totalement dépourvus de toute émotion viscérale. Aussi peuvent-ils être bons sans difficulté. Cela m'amène à penser que leur galaxie tout entière doit être totalement différente de la nôtre et qu'elle ignore à coup sûr les violences matérielles qui affectent nos planètes : changements de climat, épidémies, inondations, famines, toutes ces choses qui, dès le départ, ont fait de nous des combattants puisque la nature n'accordait la survie qu'aux vainqueurs ; mais peut-être le monde des Krii n'est-il, en définitive, qu'une exception ?

– En tant qu'humain, je dois m'accommoder de mes réactions viscérales. Celles-ci sans doute nous causent beaucoup d'ennuis, mais elles sont aussi le sel de notre vie. Je n'envie pas beaucoup les Krii, conclut Dilullo.

Chane éclata de rire et dit : « Je ne voudrais pas être irrévérencieux, mais nos morts paraissent plus vivants qu'eux. Retournons, j'en ai assez d'être ainsi observé ! »

Ils prirent le chemin du retour, suivant dans l'autre sens le corridor qui sur toute sa longueur résonnait du bruit de leurs pas. Cette fois-ci, Dilullo éprouvait le long de son dos un étrange picotement glacé, comme si une centaine de paires d'yeux le suivaient encore, perçant de leurs regards froids métal et pénombre.

Comme ils avaient dû être surpris en étudiant les étranges et féroces aborigènes de cette jungle stellaire : les amoureux, les tueurs, les saints, les opprimés et les damnés triomphants.

– Je ne pense pas qu'on doive accorder la moindre signification au fait de ne jamais réagir, à moins, bien sûr, d'avoir systématiquement adopté cette ligne de conduite.

– C'est donc que vous êtes humain, expliqua Labdibdin. Et pour un humain une paix parfaite est synonyme de mort. L'organisme dépérit.

– Oui, approuva Chane, d'un ton si véhément que Dilullo, étonné, en fut amené à sourire.

– Il ne songe pas uniquement à la guerre, vous savez, il y a d'autres genres de combat.

– Sans doute, mais pour une fleur, pour un arbre...

Le petit émetteur-récepteur suspendu au cou de Dilullo se mit à s'exprimer avec la voix de Bollard. « John, dit-il, Bixel vient de relever deux échos sur son radar. »

– J'arrive, annonça Dilullo qui soupira : A quel prix estimez-vous une paix parfaite?

XVIII

Labdibdin avait été renvoyé vers les dômes, accompagné d'un autre Mercenaire. Et Chane était assis à la passerelle, attendant de savoir pourquoi Dilullo tenait à le garder ici au lieu de l'envoyer sur ce qui allait bientôt être la ligne de feu. Par la porte de la salle de navigation, il pouvait voir Bixel penché sur son écran radar, suivant la trajectoire d'approche des croiseurs. Rutledge s'occupait des communications radio. Dilullo et le capitaine d'un des croiseurs venaient d'entrer en contact.

La voix du Vholien leur parvenait forte et claire. Chane pensa : *Avec sa voix cinglante et son mauvais galacto, c'est le type même de l'officier supérieur blanchi sous le harnais, maniaque de l'astiquage et de l'efficience.*

– Vous n'avez qu'une solution : vous rendre pendant que je vous en offre la chance. La seule alternative restante, comme vous devez vous en rendre compte, c'est la mort. Je n'ai certainement pas besoin de vous démontrer à quel point serait vain un combat contre deux croiseurs...

– Alors, pourquoi essayerais-je? répliqua Dilullo d'un ton sec. En supposant que je me rende, quelles seraient vos conditions?

– Vous seriez ramenés sur Vhol pour y être jugés.

– Ouais, répondit Dilullo. Mais il serait beaucoup plus simple de nous passer par les armes ici même...

plus simple et *plus discret*. En admettant que vous nous rameniez effectivement sur Vhol, au pire, nous pouvons nous attendre à être exécutés pour avoir pénétré par effraction sur un terrain militaire interdit, au mieux nous pouvons espérer pourrir dans une prison vholienne pour le restant de nos jours.

Il se retourna vers Chane, les sourcils levés. Chane hocha négativement la tête, ainsi d'ailleurs que Rutledge. Bixel, qui avait suivi la conversation sur l'interphone, affirma : « Dites-leur d'aller se faire... »

– Vous auriez au moins une chance de survie, ajouta le Vholien. En refusant, vous n'en avez aucune.

– Mes hommes semblent être d'une opinion différente, expliqua Dilullo. Ils refusent!

Le capitaine du croiseur semblait impatient.

– Alors, ce sont des fous! Nos batteries lourdes peuvent écraser votre nef.

– Sans aucun doute, reconnut Dilullo. Seulement vous ne les utiliserez pas, car si vous le faisiez, vous détruiriez aussi cette trouvaille inestimable que vous êtes censés garder. Pourquoi croyez-vous que nous nous sommes collés contre elle?... Ce n'était quand même pas par amour!... Désolé, capitaine, vous avez agi au mieux.

Il y eut une pause. D'un ton exaspéré, l'officier supérieur murmura quelques mots en vholien.

– J'ai l'impression qu'il est en train de nous bénir, supposa Rutledge.

– Très probablement. Dilullo se pencha sur le micro. Et avec les Loups des étoiles, capitaine, comment vous en êtes-vous sortis?

– Nous les avons chassés, répondit brièvement le Vholien. Évidemment.

– Évidemment, mais non sans quelque dommage. En quel état est votre compagnon, celui qui criait si fort : « Au secours? »

– Je n'ai pas l'impression qu'il se sente trop bien, John, annonça Bixel. Il semble avoir de la peine à conserver son cap, comme si une partie de ses propulseurs étaient hors d'usage.

Chane pensa : *Les Loups en seraient venus à bout si le*

second n'était pas intervenu. Ça a dû être une sacrée bataille...

Il se demanda si les frères de Ssander y avaient survécu. Dans l'affirmative, il devrait un jour ou l'autre les affronter. Ils ne lâcheraient pas sa piste, et tôt ou tard...

Mais il était très fier d'eux.

Le capitaine vholien offrit à Dilullo sa dernière chance de reddition. Et Dilullo répondit négativement.

– Vous nous aurez peut-être, mon ami, mais pour ça il faudra vous battre.

– Très bien, dit le capitaine. Et sa voix était glacée, catégorique et aussi tranchante qu'une lame d'acier. Nous combattrons donc et il n'y aura pas de quartier, Dilullo. Pas de quartier.

Il rompit le contact radio.

Chane, impatient, restait là, debout, attendant les événements, les tripes nouées. Rutledge leva la tête vers Dilullo.

– John, ce coup-là, vous les avez bien mouchés! Mais sorti de là, avez-vous un plan quelconque pour nous tirer de ce pétrin?

– Ça ne tardera pas à me venir, répliqua Dilullo. Vous les suivez toujours, Bixel?

– A la trace. Ils se rapprochent maintenant...

– Où se dirigent-ils?

Bixel l'en informa et Dilullo s'approcha des hublots, rejoint par Chane. Au début, dans cette purée de pois verte, il ne put rien voir, puis deux formes noires apparurent, très loin et très petites. Elles grossirent avec une extraordinaire rapidité. A l'extérieur, le constant hurlement du vent fut noyé dans un assourdissant fracas de tonnerre. Le vaisseau des Mercenaires trembla une fois, puis deux. Les croiseurs, après ce passage bien au-dessus des sommets de la falaise, se mirent en position d'atterrissage, larguant leur matériel de débarquement, puis disparurent derrière la crête. Dilullo, tout comme s'il avait retenu son souffle, laissa échapper un soupir. « Je comptais bien qu'ils feraient cela. »

Chane le regarda, surpris. « C'est ce qu'ils se devaient de faire s'ils avaient deux sous de bon sens. Ils ne peuvent pas utiliser leurs batteries lourdes contre nous, comme vous venez de le leur expliquer, mais nous n'avions pas le même handicap. Avec nos lance-missiles portatifs, nous aurions pu les atteindre au passage. J'espérais qu'ils seraient assez bêtes pour se poser à notre portée. »

– Peut-être bien qu'ils l'ont fait, annonça Dilullo. Il montra du doigt la falaise avec ses pics déchiquetés qui retenaient les sables. Pensez-vous pouvoir grimper là-haut ?

Il sait bien que je le peux, pensa Chane qui répondit : « Cela dépend uniquement de ce que j'aurai à transporter avec moi ! »

– Si vous aviez deux hommes pour vous aider, pourriez-vous hisser là-haut un de ces lance-missiles portatifs ?

– Ah ! s'exclama Chane, maintenant, je vois. Cette chaîne montagneuse nous protège de leurs armes lourdes, aussi au cas où, pour prendre la tangente, nous emprunterions une trajectoire basse, ils ne pourraient sérieusement s'y opposer. Mais évidemment, ils nous prendraient immédiatement en chasse pour nous rattraper dans l'espace, à moins que...

– Exactement, reconnut Dulillo. A moins qu'on ne les en empêche.

Chane annonça : « Je grimperai ce qu'il faut là-haut. »

Dilullo acquiesça et se saisit de son communicateur. « Bollard? » La voix de celui-ci leur parvint, ténue et voilée. « Oui, John. »

– Choisissez-moi les deux gars les plus solides de l'équipe. Sortez quelques rouleaux de câbles à haute résistance. Retirez un lance-missiles du périmètre de défense et rassemblez-moi le tout. N'oubliez pas les munitions : environ dix chargeurs.

Chane protesta : « Mettez-en vingt. »

– Vous n'aurez pas le temps, le prévint Dilullo. Ils déclencheront leurs lasers et vous balaieront de la crête avant que vous n'ayez eu le loisir de tout utiliser.

Dilullo s'arrêta, le regarda un instant puis ajouta dans le communicateur : Mettez-en quand même vingt.

– Vous ne voulez pas des hommes, reprit la voix de Bollard. Vous ne voulez même pas des mulets. Vous voulez... oui, John. Immédiatement.

Dilullo alla jusqu'à la porte de la salle de navigation : « Restez ici, Bixel. »

Bixel le dévisagea, les yeux ronds. « Mais pourquoi? Les croiseurs se sont posés et les Loups sont loin. Aussi... »

– Je vous demande de demeurer ici.

Bixel s'étira sur sa chaise : « Si c'est ce que vous voulez, John, d'accord. C'est moins dangereux que de se faire canarder. »

– Vous ne désirez pas que je surveille la radio? demanda Rutledge.

– Non.

Rutledge haussa les épaules : « Ça ne coûtait rien de demander mais j'aurais bien dû le savoir... Vous êtes un homme dur, John. »

Dilullo sourit d'un air morne. « Nous allons bien voir si je suis si dur que ça. » Il fit signe à Chane. Ils quittèrent la passerelle, franchirent le sas ouvert, retrouvant l'air glacé et cendreux, et les tornades de sable.

Les Mercenaires s'étaient déployés tout le long du périmètre de défense, s'enterrant derrière les barrières d'assaut ou occupant les emplacements de tir. Chane vit qu'ils attendaient paisiblement. De solides et coriaces professionnels! Bientôt, ils joueraient leur peau dès que se serait écoulé le temps nécessaire aux hommes des croiseurs pour s'organiser et entreprendre une vaste manœuvre de contournement de la muraille rocheuse. Mais pour le moment, tout était calme, aussi étaient-ils décontractés, resserrant leur col pour éviter que le sable ne s'y infiltre, vérifiant leurs armes ou bavardant entre eux avec insouciance. Un autre jour, un autre dollar, pensa Chane, ce n'est pas une mauvaise façon de gagner sa vie. Cela n'avait rien des méthodes des Loups, bien sûr! C'était un boulot, pas un jeu, ça manquait de panache et d'éclat. Contrairement aux Seigneurs des étoiles, flibustiers qui ne se reconnaissaient aucun maître, ces hommes étaient sous contrat. Mais, puisque, pour le moment, il ne pouvait rejoindre les siens, les Mercenaires étaient sans nul doute le meilleur substitut qu'il pût espérer.

– Vous croyez toujours que vous y arriverez? demanda Dilullo. Ils parcouraient le périmètre de défense, se dirigeant vers Bollard qui était en train de démonter un de ses lance-missiles portatifs, le dégageant de son emplacement et hurlant des ordres pour que ses gars se regroupent et colmatent la brèche. Chane leva la tête vers les falaises, ses yeux plissés par la poussière ambiante. « J'y arriverai », affirma-t-il. « Mais je n'apprécierais pas d'être pris pour cible à mi-chemin. »

– Alors, qu'attendez-vous pour y aller? demanda Dilullo. Concentrez votre tir sur leurs réacteurs. Essayez de mettre hors de combat les deux croiseurs, mais ouvrez d'abord le feu sur le vaisseau intact. Faites attention à leur riposte et, dès qu'elle débutera, prenez vos jambes à votre cou. Nous vous attendrons... pas trop longtemps...

– Inquiétez-vous seulement de les tenir à distance, assura Chane. S'ils enfoncent votre périmètre, il n'y aura plus aucun repli possible.

Les rouleaux de câbles à haute résistance venaient d'arriver, cordages minces mais à toute épreuve, d'un poids extrêmement raisonnable. Chane s'en mit un en bandoulière puis saisit l'une des extrémités du berceau du lance-missiles. Bollard, comme convenu, lui avait adjoint les deux hommes les plus costauds de l'équipage : Sekkinen et un géant nommé O'Shannaig. Sekkinen s'empara de l'autre extrémité du lanceur. O'Shannaig se chargea des missiles... dangereux petits projectiles dotés d'explosifs non nucléaires mais néanmoins puissants. Ces projectiles ne pourraient certes pas détruire un croiseur lourd mais, administrés aux endroits stratégiques, ils le feraient souffrir.

Chane dit : « Allons-y », et ils s'élancèrent, courant dans le sable fin, se glissant sous le ventre du vaisseau géant puis dépassèrent sa proue déchiquetée, laissant derrière eux l'entassement des dômes où étaient détenus les techniciens vholiens. Chane, soudain, se souvint de Thrandirin et des deux généraux, et se demanda ce que Dilullo comptait faire d'eux.

Sekkinen commença à souffler et à trébucher, et Chane, malgré son impatience, dut ralentir. Il devait absolument se freiner sous peine d'épuiser trop vite son équipe. O'Shannaig se débrouillait mieux car il avait les mains libres, pourtant même ainsi il était en sueur et ses foulées avaient perdu de leur souplesse. La progression dans le sable était épuisante. Le poids de leurs fardeaux les y enfonçait et les faisait patauger, glisser, ralentissant sensiblement leur avance. Ils atteignirent enfin une zone de sol rocheux et ferme juste au-dessous du surplomb des falaises.

– O.K., ordonna Chane. Reposez-vous une minute, pendant que je jette un œil.

Il se forçait à parler en haletant pour se mettre au diapason de l'essoufflement de ses compagnons. Et il s'éloigna d'un pas lent, levant la tête pour observer les falaises noires.

Celles-ci paraissaient abruptes, s'élevant droit vers le ciel en une muraille monolithique avant de se découper au sommet en pics érodés qui déchiraient le vent au passage et le faisaient hurler.

O'Shannaig remarqua d'une voix de gorge :

– John doit être totalement dingue, ce n'est pas possible d'escalader ça, et encore moins avec tout le fourbi !

– Avec ou sans d'ailleurs, à moins d'un miracle ! ajouta Sekkinen.

Il regarda Chane, sans aucune sympathie.

XIX

Chane n'avait rien d'un faiseur de miracles, mais c'était un connaisseur en matière de difficultés et d'obstacles. Il savait ce qu'un homme peut accomplir, poussé par la nécessité. Pas un homme d'ailleurs, mais un Loup des étoiles, un Varnan...

Il explorait paisiblement la base de la falaise, prenant tout son temps. Il savait pourtant que les hommes des croiseurs s'étaient déjà mis en route. Il n'ignorait pas que, faute d'atteindre le sommet avant leur venue, il allait se trouver coincé, soit avec le lance-missiles, soit avec les munitions, soit, pis encore, avec l'un de ses compagnons suspendu sans défense à mi-chemin de la crête, ce qui risquait de se révéler désastreux. Même en pensant à tout cela, il ne se pressa pas.

Là-haut, le vent allait poser un sacré problème. Dans la zone de calme plat au pied de la falaise, il suffisait de lever la tête pour observer le vent rendu visible par le sable arraché aux dunes et qu'il soulevait en tourbillons. Un vent pareil risquait fort d'emporter avec la même facilité hommes et matériel, même s'il devait les laisser retomber plus ou moins loin...

Il aurait souhaité que ce soleil anémique brulât d'un feu plus vif. Il y avait une raison à ce que la falaise lui apparaisse si lisse. L'éclairage insuffisant n'était pas en mesure de mettre en évidence les failles et les aspérités du roc. Du vert sur du noir... voilà qui n'aidait guère. Chane se mit à haïr ce monde, un monde qui ne l'aimait pas, qui d'ailleurs n'aimait aucune sorte de vie dont la seule passion était le sable, le roc et le vent. Dans l'air âcre, il cracha les fines poussières infiltrées dans sa bouche. Poursuivant ses investigations, il découvrit un peu plus loin ce qu'il cherchait.

Lorsqu'il fut sûr de sa trouvaille, il brancha le communicateur et annonça : « Je vais voir ce que je peux réaliser en matière de miracle. Apportez-moi tout le matériel. »

Il remit en place le rouleau de câble qu'il portait en bandoulière et s'assura que dans son équipement rien n'était susceptible de s'accrocher, puis il commença à se hisser dans la cheminée qu'il avait repérée dans le roc. La première partie de l'escalade ne lui parut pas trop difficile. Les ennuis commencèrent lorsque la cheminée s'évasa, le laissant à mi-chemin du sommet face à une paroi lisse et pratiquement verticale. Il avait espéré que le roc serait suffisamment fissuré pour lui assurer les prises et avait joué là-dessus. A l'évidence, il avait été trop optimiste...

Il se remémora les autres ascensions qu'il avait jadis effectuées, là-bas, par exemple, le long des murailles de la cité-montagne de Kharal. Combien aujourd'hui il aurait souhaité pouvoir disposer de telles gargouilles.

Centimètre après centimètre, il poursuivit son escalade, se cramponnant grâce à sa poigne de fer et assurant généralement ses prises du bout des doigts. Après un moment, il était plongé dans une sorte de transe hypnotique, toute son attention concentrée sur les fentes et les aspérités du rocher. Ses mains le faisaient abominablement souffrir et ses muscles étaient tendus comme des cordes sur le point de se rompre. Dans son esprit, il entendait une voix qui lui répétait : « Loup des étoiles, Loup des étoiles », et il savait que cette voix lui disait qu'un homme normal abandonnerait maintenant, se laisserait aller et tomberait, mais qu'il était un Loup, un Varnan, trop fier pour mourir comme un homme ordinaire.

Les hurlements du vent l'assourdissaient. Sa chevelure fut si violemment secouée par une rafale qu'il faillit lâcher prise. Il eut un sursaut de panique. Le sable en suspension dans l'air, précipité par la tempête, s'incrustait dans ses chairs comme du petit plomb. Il se plaqua contre la paroi, leva la tête et vit qu'il avait atteint le sommet.

Il n'était pas encore au bout de ses peines. Il devait poursuivre latéralement sa progression juste au-dessous du rebord supérieur de la falaise jusqu'à ce qu'il soit à l'abri du vent, derrière une crête. Il se hissa jusqu'à une sorte de nid creusé dans le roc par le vent et s'assit, haletant et tremblant, sentant sous l'assaut des vents la falaise frémir sous ses pieds. Tout en riant, il maudit Dilullo. *Il me faut absolument arrêter tout cela,* songeait-il. *Je me suis laissé embarquer d'une histoire dans l'autre, uniquement pour lui montrer l'étendue de mes capacités et il le sait trop bien. Il en profite. Pouvez-vous tenter ceci ou cela? me demande-t-il, et je réponds toujours oui... et je réussis...*

Une voix ténue se fit entendre dans le fracas des vents : « Chane! Chane! »

Il réalisa alors qu'il y avait plusieurs minutes qu'on l'appelait. Il se saisit de son communicateur.

– Sekkinen, je vous envoie un câble. Vous pouvez jouer ça à pile ou face, mais l'un de vous va devoir grimper ici avec un autre rouleau de câble. Le troisième homme restera en bas pour amarrer ce que nous avons à hisser.

Il découvrit un éperon rocheux solide et massif autour duquel il noua sa corde. Apparemment c'était O'Shannaig qui avait tiré le bon – ou le mauvais – numéro. Ce fut sa longue carcasse qui se mit à grimper au flanc de la falaise. Sa chevelure d'or roux et son visage taillé à la serpe apparurent au-dessus du rebord du trou. Chane se remit à rire, son essoufflement n'ayant cette fois rien de forcé : « Le prochain coup je leur demanderai de m'envoyer un poids plume. Vous pesez bigrement lourd mon vieux... »

– Ouais, reconnut O'Shannaig qui fit quelques mouvements des bras pour se dégourdir. Mais pourtant je tirais aussi de mon côté.

Ils balancèrent en bas la seconde corde.

Sekkinen amarra rapidement les deux câbles autour

du lance-missiles et ils hissèrent celui-ci jusqu'à la cavité où ils étaient installés. Ils firent de même avec les munitions.

– O.K., Sekkinen, annonça Chane dans le communicateur. A votre tour!

Ensemble, ils le hissèrent deux fois plus vite, gros bonhomme coriace et très malheureux qui rampa dans leur refuge en grommelant qu'il n'était pas fait pour jouer au singe sur une corde raide.

Leur base commençait à être surpeuplée. Chane se noua un câble autour de la taille et un second pardessus les épaules. Ce second était à l'autre bout amarré au lance-missiles.

– C'est la partie la plus délicate, annonça-t-il. Si je m'envole, rattrapez-moi.

Avec Sekkinen qui laissait filer le câble et O'Shannaig calé contre l'éperon rocheux, Chane se glissa hors du creux et se hissa sur la crête, s'exposant à la furie déchaînée des vents. Pendant quelques instants, il crut qu'il n'y arriverait pas. Le vent, tel un vautour, était déterminé à l'emporter dans l'espace. Les rafales le martelaient et le secouaient, lui coupant le souffle, l'aveuglant et l'étouffant par le sable qu'elles charriaient. Il s'agrippait à l'éperon rocheux, y trouvant abondance de prises, là où l'action de l'érosion avait pleinement fait son œuvre. Il rampa vers la face exposée aux vents. Il était maintenant au sommet de la grande dune et cela lui rappelait les glissades sur les vagues géantes des plages volcaniques de Varna et le vertige qui vous saisissait lorsque l'écume vous suffoquait. Seulement, ici, l'écume était dure et sèche, lui arrachant la peau des mains et du visage. Il rampa, se plaquant au sol, le vent le maintenant collé au rocher... De la sorte, il put distinguer les croiseurs vholiens posés au pied de la dune.

Il vit aussi la fin d'une file d'hommes armés qu'il perdit de vue alors qu'ils contournaient la falaise. Il y avait également des creux de ce côté de l'éperon, là où les parties les plus tendres du roc avaient été rongées. Le vent le précipita dans l'un de ces abris et il décida de ne pas lutter avec lui. L'emplacement était aussi valable qu'un autre. Il parla dans le communicateur.

– Tout va bien, dit-il. J'ai franchi la crête et je suis de l'autre côté. A vous de faire attention!

Il se cala soigneusement dans son refuge, ayant à sa droite l'à-pic de la falaise. Il avait le dos appuyé à l'un des rebords et les pieds bloqués sur l'autre. Il se saisit du second câble et se mit à le haler centimètre après centimètre. Il priait le ciel que le lance-missiles n'échappe pas au contrôle de ses compagnons car si jamais celui-ci basculait par-delà le sommet de la muraille rocheuse, il le suivrait infailliblement.

Il avait l'impression qu'il était en train de tirer à lui la falaise. Rien ne bougeait et il se demanda si Sekkinen et O'Shannaig avaient réussi à eux deux à manœuvrer l'engin jusqu'à l'amener en haut de la crête pour que de son versant il puisse alors s'en saisir. Puis, d'un seul coup, la tension se relâcha et le lance-missiles parut se jeter sur lui dans un tourbillon de sable. Il leur cria de le retenir. L'arme se mit à riper puis, lentement, s'immobilisa. Les munitions suivaient, accrochées aux câbles.

Chane poussa un soupir de soulagement.

– Merci, dit-il. Maintenant, retournez en vitesse au vaisseau. Les Vholiens arrivent.

Il empoigna le lance-missiles, luttant avec lui pour le mettre en position, face à l'horizon, car c'était là le travail de deux hommes. Pendant qu'il se démenait, la voix d'O'Shannaig lui parvint, s'exprimant avec une lenteur exaspérante. Celui-ci discutait : « Ce ne serait pas très chic de filer d'ici sans vous. »

En désespoir de cause, Chane hurla dans son communicateur : « Bollard! »

– Oui?

– Je suis en place. Voulez-vous dire à ces deux nobles imbéciles de foutre le camp? Je peux courir beaucoup plus vite qu'eux et j'ai une bien meilleure chance de m'en sortir s'ils ne restent pas dans mes jambes. Lorsque les lasers vont commencer à crépiter, je ne tiens pas à devoir attendre qui que ce soit.

Bollard ajouta : « Il a raison, les gars. Descendez. »

Des bruits qu'il perçut, Chane en conclut qu'à la

suite de cet ordre, Sekkinen et O'Shannaig s'étaient décidés à repartir, descendant beaucoup plus rapidement qu'ils n'avaient grimpés. Il acheva de disposer les munitions à sa portée, puis verrouilla le premier chargeur dans le lance-missiles.

– Chane, annonça Bollard, la colonne de Vholiens vient juste de se pointer.

– Ouais. Si je ne vous revois pas, dites à Dilullo...

La voix de Dilullo se mêla à la conversation.

– J'écoute.

– Je crois que je n'ai vraiment plus le temps maintenant, coupa Chane. J'ai trop de travail. Les croiseurs sont pratiquement au-dessous de moi. Le vent est effrayant mais les missiles ne se soucient guère de lui. Un des croiseurs a été sérieusement atteint. C'est visible d'ici.

Il se mit à rire. *Un point pour les Loups!* Il régla le viseur de l'arme de telle sorte que celle-ci soit pointée directement sur les réacteurs du croiseur indemne.

La voix de Dilullo reprit : « Je vous parie une demi-unité que vous ne parviendrez pas à vider plus de dix chargeurs. »

Dilullo perdit. Chane liquida les dix premiers à une telle cadence que le premier laser ne commença à se manifester que lorsqu'il eut pivoté le lance-missiles, l'orientant vers les tuyères déjà quelque peu maltraitées du second croiseur.

•Le faisceau du laser lourd commença à tailler son chemin dans les rocs de la crête... On ne l'avait pas encore exactement cadré, mais c'était une question de secondes. Le sable et la pierre se volatilisaient dans un fracas assourdissant. Chane réussit à vider encore quatre chargeurs lorsqu'un deuxième laser entra en scène, pulvérisant la dune à moins de trente pieds au-dessous de lui, transformant le paysage en un enfer. Puis, soudain, les lasers et le lance-missiles cessèrent de fonctionner et il n'y eut plus le moindre écho de bataille.

Une ombre immense les survolait, masquant le soleil.

XX

Calme inquiétant; crépuscule inquiétant. Chane se tassa dans son trou, ses cheveux se dressant sur sa tête. Il essaya le mécanisme de déclenchement du lance-missiles mais celui-ci restait mort sous ses doigts, comme si les piles alimentant le système de mise à feu avaient été soudainement pompées...

Les sabords des lasers, sur le croiseur, demeuraient sombres et silencieux.

Il appela dans le communicateur : « Bollard! Dilullo! Y a-t-il quelqu'un qui m'entende? »

Il n'y eut pas de réponse.

Il essaya son paralyseur et celui-ci également se révéla inopérant.

Il leva les yeux vers le ciel, mais il ne put rien distinguer nettement, à part une silhouette gigantesque tapie dans les ténèbres et la poussière, quelque chose qui se tenait entre le soleil et la planète, baigné dans les brouillards de la Nébuleuse.

Il émergea de son abri, franchissant de nouveau la crête pour regagner l'autre versant, emmenant avec lui ses câbles de rappel. Pendant quelques terribles secondes, il se sentit planer dans l'air, le vent l'ayant saisi au coin d'un roc pour le rejeter brutalement à l'endroit d'où il était parti. Il pouvait voir le vaisseau des Mercenaires, l'ensemble du périmètre de défense et assez loin sur sa gauche, les hommes des croiseurs vholiens, déployés en formation d'attaque et munis simplement d'armes portatives. Les Mercenaires avaient dû lancer quelques-uns de leurs projectiles à gaz peu de temps auparavant car certains des soldats se tordaient de façon caractéristique et des traînées de vapeur se dissipaient encore dans le vent. En dehors de ça, chacun était immobile, observant le ciel, ou se penchant sur des armes qui avaient inexplicablement cessé de fonctionner.

Chane descendit en force jusqu'au bas de la falaise et se mit à courir.

Là-bas, dans la plaine, dans la pénombre projetée par cette colossale silhouette, les Vholiens semblaient frappés de panique et essayaient de se regrouper. Leur vague d'assaut recula, se repliant sur elle-même. Ils devinrent une cohue d'hommes apeurés attendant l'attaque d'ils ne savaient quoi et complètement démoralisés en se rendant compte qu'en dehors de leurs mains nues et de leurs couteaux de poche, ils venaient d'être privés de tous leurs moyens de défense. Chane entendait, ténu et lointain, le brouhaha de leurs voix, perdu dans le vent. Il comprenait ce que les Vholiens ressentaient. Dépouillés et nus et même pire que cela... à la merci de quelque chose ou de quelqu'un de trop puissant pour être combattu, un peu comme de petits enfants affrontant une charge de policiers avec des épées de carton. Lui-même n'appréciait guère la situation. Il se sentait paniqué et il s'agissait là d'une émotion à laquelle il n'était pas accoutumé. Il entendit des voix transmettre des ordres tout le long du périmètre de défense des Mercenaires. Ceux-ci commençaient à se replier sur le vaisseau, emportant avec eux leurs armes inutiles. Lorsqu'il passa devant les dômes, Chane rencontra Dilullo et deux de ses hommes.

– C'est le vaisseau de secours des Krii? demanda Chane.

– Sans nul doute, répondit Dilullo. Je ne vois guère ce que cela pourrait être d'autre.

Il regarda vers le ciel et son visage prit une teinte malsaine dans ce crépuscule surnaturel.

– Le radar ne marche plus. Rien ne fonctionne, même pas les lampes de poche. Je veux parler à Labdibdin.

Chane les accompagna vers les dômes. L'obscurité régnait à l'intérieur de ceux-ci et des cris trahissant un affolement proche de la panique se faisaient entendre. Rutledge avait remplacé Sekkinen comme sentinelle et, dès qu'il aperçut Dilullo, il s'élança à sa rencontre, lui demandant ce qui arrivait.

– Mon paralyseur ne fonctionne plus, ainsi d'ailleurs que le communicateur. J'ai essayé de vous appeler...

– Je sais, répliqua Dilullo, qui tendit un doigt vers la porte en ordonnant : Laissez-les sortir.

Rutledge le dévisagea, bouche bée. « Que deviennent les Vholiens? Où en est l'attaque? »

– Je ne pense pas que dans l'immédiat ils soient sur le point de donner l'assaut, expliqua Dilullo, qui ajouta comme pour lui-même : Du moins je l'espère.

Rutledge retourna aux dômes et ouvrit la porte. Les Vholiens en jaillirent dans une bousculade désordonnée, puis s'immobilisèrent. Eux aussi se mirent à observer le ciel tout en s'interpellant les uns et les autres. Leurs voix devinrent étrangement étouffées. Dilullo appela Labdibdin et celui-ci s'approcha, jouant des coudes dans la foule, plusieurs savants sur les talons.

– C'est le vaisseau! Ce doit être lui cette force qui a bloqué tous les circuits énergétiques et toutes les armes aussi sans doute?

– Effectivement.

– ... C'est une technique purement défensive et les Krii étaient passés maîtres dans l'emploi des moyens non violents. Nous étions tous ici en train d'utiliser des armes, je pouvais même entendre les lasers là-haut sur la crête. Aussi nous ont-ils stoppés.

– Oui, reconnut Dulillo. En matière de Krii, c'est vous l'expert. Que suggérez-vous que nous fassions?

Labdibdin porta de nouveau les yeux vers l'ombre qui planait au-dessus de leurs têtes puis se retourna vers la vaste épave sombre qui s'étalait majestueusement sur la plaine sableuse.

– Ils ne tuent pas, dit-il.

– En êtes-vous sûr? Ou est-ce simplement un espoir?...

– Tout le montre à l'évidence, protesta Labdibdin, puis il se tut. Il était frappé d'une terreur profonde devant la puissance et la proximité de la nef des Krii.

Chane reprit : « Quelle différence cela fait-il? Il ne nous reste plus rien, hormis nos dents et nos ongles. C'est à eux de décider s'il nous tueront ou non. »

– Puisqu'il en est ainsi, qu'en pensez-vous, Labdibdin? demanda Dilullo.

– Je suis *certain* qu'ils ne nous ôteront pas la vie, assura Labdibdin. Je parierais ma propre existence là-dessus. Je crois que si nous ne nous opposons pas à leurs déplacements et évitons tout acte de provocation, si nous regagnons nos vaisseaux et... Il eut un geste de désespoir et Dilullo acquiesça.

– Et si nous attendons de voir ce qui va se passer. Très bien. Voulez-vous porter ce message à vos deux capitaines? Dites-leur que c'est ce que nous allons faire et conseillez-leur vivement d'avoir la sagesse d'adopter la même ligne de conduite. Il devient tout à fait évident que la situation nous échappe totalement.

– Oui, seulement..., poursuivit Labdibdin.

– Seulement, quoi?

– Un petit nombre d'entre nous devraient pouvoir revenir... pour observer le déroulement des événements.

Il regarda de nouveau l'impressionnante épave au cœur de laquelle attendaient dans l'ombre une centaine de Krii.

– Si c'est seulement pour observer, d'accord, mais à bonne distance...

Les Vholiens se dispersèrent dans la plaine, courant à la rencontre de la cohue désorganisée des soldats des croiseurs. Chane, Dilullo et les autres Mercenaires regagnèrent hâtivement leur nef.

– Comment ça s'est passé là-haut? demanda Dilullo pendant qu'ils se repliaient.

– Bien, répondit Chane. Ça leur prendra un bon moment pour réparer ces croiseurs. Dans l'immédiat, aucun n'est en état de prendre l'air. Il sourit malicieusement. Votre plan était parfait, nous pouvons décoller d'un moment à l'autre.

– C'est merveilleux, ricana Dilullo, si l'on oublie que rien ne fonctionne.
Ils regardèrent tous deux vers le ciel.
– J'ai l'impression d'être une souris, reconnut Dilullo.
Rutledge frissonna : « Moi aussi », j'espère que notre ami vholien est dans le vrai et que le chat n'est pas carnivore.
Dilullo se tournant vers Chane lui demanda :
– Avez-vous peur maintenant?
Chane saisit l'allusion. *Les Loups des étoiles ne connaissent pas la peur.* Dans un demi-sourire, montrant le blanc de ses dents, il avoua : « J'ai la frousse. »
Les Loups des étoiles sont forts et c'est pourquoi ils ne s'alarment jamais. Seuls les faibles sont craintifs et aujourd'hui je suis faible et m'en rends compte. C'est bien la première fois de ma vie. Je voudrais tant effacer du ciel leur énorme vaisseau, le briser, le détruire et je suis malade de m'en sentir incapable. Pour eux là-haut, tout cela ne posait guère de problème. D'un de leurs longs appendices fibreux ils avaient dû juste pousser un bouton quelque part et les animaux en bas avaient aussitôt été réduits à l'impuissance.
Ils se souvint des faces impassibles des Krii et se mit à les haïr.
Dilullo dit paisiblement : « Je suis heureux d'apprendre qu'il y a enfin quelque chose qui puisse vous déprimer. Êtes-vous fatigué, Chane? »
– Non.
– Vous récupérez vite! Filez devant et faites libérer Thrandirin et les deux généraux. Dites-leur d'aller au diable avec le reste des Vholiens. Si un jour les Krii décident de nous rendre l'usage de nos moteurs, je veux pouvoir disparaître en vitesse et je ne tiens pas à devoir ramener nos invités sur leur planète natale. Je ne pense pas d'ailleurs que ce serait très recommandé.
– J'en doute, reconnut Chane qui partit en courant. Et pendant qu'il courait il songea : *Voilà que ça recommence. Pourquoi ne lui ai-je pas avoué que j'étais*

fatigué ? C'est de l'orgueil, mon vieux... Lorsque tu étais petit garçon, ton père avait coutume de te dire qu'à agir ainsi on risquait fort de tomber de haut.

En fin de compte, il devait avoir raison. Pendant ce fameux raid, c'est l'orgueil de ce que j'avais accompli qui me fit combattre Ssander, lorsque celui-ci essaya de s'approprier une part de mon butin.

Et voilà où j'en suis : ni Loup ni Mercenaire, survivant uniquement grâce au bon vouloir de ces derniers et, en ce moment, je ne suis même plus un homme, juste un léger désagrément pour les Krii. Si ce n'est pas là une belle dégringolade...

Il atteignit le vaisseau, se frayant un passage à travers les Mercenaires en train de remonter à bord les armes et l'équipement dans l'espoir qu'un jour tout cela fonctionnerait de nouveau. On n'y voyait rien à l'intérieur; la seule source de lumière provenait des sas ouverts et qui, maintenant, ne risquaient pas de se refermer. Il parvint à tâtons jusqu'à la cabine où étaient emprisonnés les trois Vholiens. Il les libéra et les guida vers la sortie. Lorsqu'ils eurent gagné l'extérieur, il sourit en observant leur visage.

– Je ne comprends pas, disait Thrandirin. Que se passe-t-il? Je vois nos hommes qui se retirent sans combattre et la lumière est si étrange...

– C'est exact, reconnut Chane qui tendit le bras vers l'énorme carcasse du vaisseau Krii. Quelqu'un d'autre est venu le secourir, quelqu'un de beaucoup plus important que nous. Je crois que vous pouvez lui dire adieu.

– Il eut un geste vers le ciel : – Oui, il y en a en ce moment un autre là-haut.

Comme trois oiseaux de nuit roulant de grands yeux dans la lumière étrange du crépuscule, les Vholiens dévisagèrent Chane.

– Si j'étais vous, poursuivit-il, je m'éclipserais. Vous pourrez discuter de tout cela avec Labdibdin pendant que nous attendrons tous.

Ils s'en allèrent. Chane se mit à aider au chargement car tout devait être fait à la main. Les Mercenaires concentraient leurs efforts sur les objets les plus précieux et ils travaillaient terriblement vite, de telle sorte qu'une bonne partie de leur tâche était déjà remplie lorsqu'ils perçurent un son étrange au-dessus de leurs têtes. Chane leva les yeux et vit au travers d'épais nuages un énorme œuf d'or pâle plongeant du ciel sur eux.

D'une voix tranquille, Dilullo ordonna :

– Tous à bord. Laissez tomber le matériel et grimpez.

Il n'y avait environ qu'un tiers des hommes à travailler à l'extérieur, faisant la chaîne jusqu'au sas qui donnait dans les soutes. Ils obéirent immédiatement à Dilullo et Chane se dit qu'il n'avait jamais vu un terrain aussi promptement dégagé... Il suivit Dilullo et Bollard, grimpant les marches qui conduisaient au sas en essayant de conserver un restant de dignité, mais son attitude manquait de conviction car son cœur battait à se rompre, comme jamais il ne l'avait fait depuis qu'enfant il s'éveillait au milieu d'un cauchemar... Il avait l'impression désagréable de sentir ses tripes se nouer.

Le panneau du sas grand ouvert lui parut épouvantablement vulnérable. « Nous voilà au grand air dans ce foutu vaisseau! » Marmonna bollard. Il y avait de la sueur sur son visage rond et poupin, une sueur qui avait tout l'air d'être froide. « Ils n'auraient aucune peine à pénétrer ici... »

– Avez-vous une idée de la façon dont nous pourrions nous y opposer? demanda Dilullo.

– D'accord, grogna Bollard, d'accord.

Ils se tenaient là, debout dans le sas, regardant le gros œuf doré descendre et se poser doucement sur le sable.

Là, il demeura immobile, sans que rien ne parût devoir se produire et ils continuèrent à le guetter. Chane avait le sentiment que les Krii les observaient également. Bien qu'ils aient pris soin de ne pas trop se montrer, ils étaient parfaitement visibles pour quelqu'un voulant se donner la peine de regarder. C'était probablement dangereux et ils auraient dû regagner l'intérieur de la nef. Mais du fait même de l'impossibilité de fermer les écoutilles, ils pouvaient tout aussi bien prendre le risque de suivre ce qui allait se dérouler. De toute façon, les Krii devineraient sûrement leur présence.

Les Krii, lorsque finalement ils apparurent, semblèrent se désintéresser totalement d'un camp comme de l'autre.

Ils étaient six et émergèrent en se suivant, au travers d'un sas qui s'ouvrait assez bas sur le flanc de l'œuf, laissant apparaître un étroit escalier. Les deux derniers transportaient entre eux un long et mince objet à la destination inconnue et masqué par une pièce de tissu noir.

Très grands et très maigres, leurs corps désarticulés se balançant gracieusement, ils se dirigèrent en file indienne vers l'épave du grand vaisseau. Leur peau, remarqua Chane, n'était pas si nettement teintée d'ambre noir que celle des Krii figés dans la stase. Leurs membres étaient extrêmement souples, leurs longs doigts apparaissant un peu comme des frondaisons agitées par le vent.

S'ils paradent si dédaigneusement, pensa-t-il, *c'est qu'ils n'ont absolument aucune crainte de nous et cela tient sans doute à ce que nous ne sommes pas en mesure de les inquiéter, en aurions-nous même la volonté. Nous ne pouvons pas les inquiéter.*

Ils ne se retournèrent même pas vers le vaisseau des Mercenaires. Jamais leurs têtes allongées, au front haut et étroit ne regardèrent ni à droite ni à gauche. Ils s'en allèrent tranquillement vers l'entrée de l'énorme épave, grimpèrent les marches et disparurent à l'intérieur.

Ils y demeurèrent un long moment.

Les hommes se fatiguèrent d'attendre, entassés dans le sas, et grimpèrent à tâtons vers la passerelle de commandement où ils seraient plus confortablement installés tout en pouvant observer ce qui se passait.

Bollard constata : « Jusque-là ils paraissent pacifiques. »

– Oui, reconnut Dilullo, jusque-là!

L'œuf doré restait là, immobile sur le sable, ses

rangées de hublots brillant faiblement dans la nuit qui tombait. L'engin ne semblait pas posséder de réacteurs conventionnels, remarqua Chane. Extérieurement, aucun indice n'apparaissait quant au mode de propulsion employé. Quel qu'il fût, celui-ci fonctionnait dans le champ de force qui stoppait les formes classiques d'énergie. C'était naturel. Un système défensif qui vous immobiliserait en même temps que votre ennemi n'aurait guère d'intérêt!

Chane distingua des silhouettes dans l'entrée éclairée de l'épave. Il annonça : « Ils reviennent. » Les six sortirent, suivis par les cent ressuscités...

En une seule file formant ne longue ligne ondoyante, ils sortirent du sépulcre où ils avaient attendu... combien de temps? Leurs vêtements flottant au vent, leurs larges yeux grands ouverts dans la pénombre, ils s'avancèrent à travers les nuages de sable et pénétrèrent à l'intérieur du véhicule doré, dernière étape avant la nef de secours qui les ramènerait chez eux.

Chane observa leurs visages.

– C'est vrai, ils ne sont pas humains, reconnut-il. Aucun d'entre eux ne rit, ne pleure, ne danse ou n'étreint quelqu'un, ils paraissent toujours aussi pacifiques, harmonieux et impassibles que lorsqu'ils étaient là-bas... j'allais dire : lorsqu'ils étaient morts. Mais vous me comprenez?

– Aucune émotion viscérale, rappela Dilullo. Et pourtant cet autre vaisseau vient de faire un long et fabuleux voyage pour les retrouver. Cela trahit des motivations bien déterminées.

– Peut-être étaient-ils plus intéressés par le capital d'expérience accumulé par ces Krii que par le sauvetage des Krii eux-mêmes.

– De toute façon, cela ne m'intéresse pas, répliqua Bollard. Je veux seulement savoir ce qu'ils comptent faire avec nous.

Ils continuèrent à monter la garde et Chane savait qu'à partir du sas ouvert et des écoutilles de chargement de la soute béante, les autres Mercenaires surveillaient toujours les Krii, goûtant la saveur amère de la peur.

Ce n'est pas que j'aie grand-peur de la mort, bien que je n'aille pas à sa rencontre, pensa Chane, *mais c'est la façon de mourir qui m'importe. Si ces longs végétaux ondulants à la peau couleur de miel décident d'en finir avec nous, ils le feront si froidement, si efficacement et de si loin qu'on ne saura même pas ce qui nous aura frappés. Pour eux, ce sera comme s'ils enfumaient de la vermine dans un terrier.*

Le dernier des cent pénétra à bord de la chaloupe et le sas se referma sur eux. L'œuf doré se mit à ronronner, et brusquement s'éleva vers le ciel dans des nuages de poussière. Il disparut aux yeux de chacun.

« Maintenant peut-être vont-ils nous laisser partir ? » dit Bollard.

– Je ne pense pas, répliqua Dilullo. Pas tout de suite, du moins.

Chane prononça un bref et sonore juron en varnan.

C'était la première faute de ce genre qu'il commettait. Mais Bollard ne remarqua rien.

Il était beaucoup trop occupé à observer la flottille d'œufs dorés qui venaient d'apparaître. Ceux-ci atterrirent l'un après l'autre sur le sable, jusqu'à ce qu'il y avait neuf appareils soigneusement alignés dans la plaine.

Dilullo annonça : « Nous pouvons tout aussi bien nous installer confortablement car je crois que nous aurons longtemps à attendre. »

Leur veille fut longue, la plus longue de toutes celles dont Chane pouvait se souvenir. Cloîtrés dans la prison d'acier qu'était le vaisseau, ils durent manger leur ration froide, vivre dans le noir et regarder d'un air furieux les écoutilles toujours ouvertes qui semblaient se moquer d'eux. Vers la fin, Dilullo dut user de tout son pouvoir de persuasion, ses poings y compris, pour garder ses hommes à bord.

Vraisemblablement, les officiers des croiseurs vholiens devaient affronter les mêmes problèmes. Ils durent les régler efficacement car leurs équipages demeurèrent invisibles...

Une ou deux fois, Chane eut l'impression de voir des silhouettes se déplaçant au pied de la falaise, au milieu des tourbillons de poussière. Ce devait être Labdibdin et quelques-uns de ses techniciens. Si tel était le cas, ils effectuaient leurs observations à distance respectueuse.

Il n'y avait qu'un point de réconfortant : les Vholiens ne pouvaient utiliser ce répit pour réparer leurs réacteurs, à moins d'y travailler à mains nues ou avec de petits marteaux.

Chane faisait les cent pas, toujours aux aguets. Puis finalement, il s'assit, mélancolique, morose comme un fauve en cage...

A l'extérieur, les Krii travaillaient de façon méthodique, ne se hâtant ni ne traînant, conservant une cadence régulière qui portait sur les nerfs rien qu'à la suivre du regard. Pas une seule fois ils ne s'approchèrent du vaisseau des Mercenaires. En ce qui les concernait, il semblait que celui-ci n'existait pas.

– Ce n'est pas très flatteur, déclara Dilullo, mais espérons quand même que ça continuera. Peut-être Labdibdin était-il dans le vrai en affirmant que les Krii respectaient la vie. Mais ça ne les empêche pourtant pas de posséder quelque efficace méthode d'élimination des gêneurs, un peu comme pour stopper les machines. Pour notre organisme l'importance des dégâts qui en résulteraient pourrait bien nuire, même involontairement, à notre existence. Dieu seul sait comment fonctionne leur métabolisme ou leur système nerveux... » Vous pouvez très bien réussir à démolir proprement un bonhomme tout en le laissant encore en train de respirer. Les Krii, en l'occurrence, pourraient ne pas comprendre le côté définitif de leurs méthodes.

Chane tomba d'accord avec lui. Pourtant, il était dur de se contenter de regarder ces créatures lointaines et condescendantes, jour après jour, et de ne pas essayer de leur tomber dessus et d'en tuer quelques-unes, juste pour rompre la monotonie.

La chaloupe ovoïde des Krii faisait la navette, déchargeant tout un matériel varié, embarquant et débarquant des techniciens. Une considérable somme de travail avait dû être accomplie à l'intérieur de l'épave, mais évidemment il n'y avait aucun moyen de savoir ce qu'y manigançaient les Krii.

A l'extérieur, ceux-ci s'affairaient à dresser côte à côte, en deux rangées régulières et parallèles, de curieuses poutrelles transparentes, les scellant dans le sol, l'ensemble prenant progressivement l'allure d'un tunnel. Ils poursuivirent leur construction sur une dizaine de mètres à partir du sas. A l'extrémité libre de l'ouvrage, ils installèrent une sorte de chambre de décompression. A l'autre extrémité, cette structure fut hermétiquement fixée au flanc du vaisseau échoué. Cela ne laissait qu'une étroite ouverture pour le va-et-vient des techniciens. Un beau jour, des lumières apparurent soudainement à travers les déchirures de la coque.

– Ils viennent de rétablir le courant, constata Dilullo. Ou alors ils ont mis en place une installation de fortune.

– Comment parviennent-ils à faire tourner leurs génératrices lorsque les nôtres ne fonctionnent pas? demanda Chane. Les leurs aussi sont prises dans le champ neutralisant.

– Ce sont eux qui ont mis au point cette technique et, sans nul doute, ils savent comment s'en protéger. De plus, leurs sources d'énergie doivent être si différentes des nôtres... Souvenez-vous, ils n'ont pas la même table atomique que nous...

Chane répondit : « De quelque façon qu'ils s'y soient pris, les Krii sont parvenus à rétablir le courant et tous leurs coffres vont s'ouvrir... »

Toutes ces caisses de joyaux et de métaux précieux et, tel que Chane voyait les choses, le butin d'une galaxie entière. Cela faisait saliver... Même les Loups des étoiles n'avaient jamais imaginé atteindre de tels sommets... Un œuf doré s'amarra à la chambre pressurisée qui terminait le couloir transparent.

Avec Bollard et Dilullo à ses côtés, Chane colla son visage contre le hublot. Personne ne disait rien. Ils attendaient, pressentant que quelque chose d'important allait bientôt se produire. La structure en forme de tunnel commença à chatoyer, les parois de cristal parurent se déformer et s'embrumer. La lueur s'intensifia, flamba soudainement, puis se stabilisa, clignotant selon un rythme régulier.

Des objets se mirent à apparaître à l'intérieur du tunnel, glissant régulièrement et rapidement de l'épave vers l'œuf d'or.

– Sans doute une sorte de tapis roulant énergétique, estima Dilullo. Un engin qui ôte leur poids aux objets puis les entraîne...

Chane gémit : « Ne nous assommez pas de vos exposés scientifiques. Contentez-vous de regarder. Mais regardez donc, bon sang! »

Les trésors de tout un univers défilèrent devant eux, hors de portée malgré leur proximité, coulant en un flot continu des soutes du vaisseau krii dans les œufs d'or, dans une noria de chaloupes qui fonctionnaient en chaîne sans fin, chargeant, décollant et revenant, ballet parfaitement organisé.

Le butin d'une galaxie!

– Ils n'auront même pas l'idée de le dépenser, regretta Chane. Ils se donnent toute cette peine pour étancher leur soif de savoir.

– Un véritable blasphème, selon vos idées, remarqua Dilullo qui en souriant dit à Chane : Ne pleurez pas.

– De quoi parlez-vous? demanda Bollard.

– De rien. Simplement, notre ami ici présent semble souffrir d'un complexe de frustration en voyant s'envoler tous ces trésors.

Bollard secoua la tête. « Au diable notre ami! Regardez! Ils sont en train de charger tous les spécimens rassemblés par cette expédition. Lorsqu'ils auront terminé, que se passera-t-il? »

La question n'attendait pas de réponse, aussi personne ne dit mot. Mais en fin de compte, la réponse vint. Les derniers objets empruntèrent le plan de chargement et la lueur s'éteignit. Méthodiquement, les Krii démontèrent leur équipement et le retournèrent là-haut dans les nuages. La grande épave elle aussi retomba dans l'obscurité maintenant qu'elle était vide, inutile et dépourvue d'importance. A la fin, au tout dernier moment, un des Krii s'avança vers le vaisseau des Mercenaires. Ils se tint là quelques instants, très impressionnant, oscillant souplement dans les rafales de vent, ses grands yeux sans passion fixés sur eux.

Soudain il leva l'un de ses longs bras minces, le pointant vers le ciel en un geste qui ne laissait pas la place au doute. Puis il se retourna, regagnant l'unique ovoïde doré, encore présent. Le sas se referma et en quelques instants le sable piétiné redevint désert. D'un seul coup, les lumières se rallumèrent à bord de leur vaisseau, les génératrices faisant vibrer les parois en revenant à la vie.

– Il nous a dit de filer et je crois que je sais pourquoi, remarqua Dilullo.

Il commença à brailler dans le circuit interne de communication : « Fermez les écoutilles ! Tout le monde en vitesse à son poste ! Nous décollons ! »

Et ils décollèrent, s'élevant selon une trajectoire basse qui les éloigna de la falaise sous un angle tel que les batteries de lasers vholiens se trouvaient empêchées de les prendre sous leur feu avant qu'ils ne soient hors de portée.

Dilullo mit le vaisseau en orbite stationnaire et ordonna à Rutledge : « Déclenchez la caméra. J'ai une assez bonne idée de ce qui va se passer et je tiens à ce que nous l'enregistrions. »

Rutledge ouvrit le sabord qui cachait la caméra de télévision et brancha celle-ci sur l'écran d'observation.

Chane contemplait avec les autres l'écran qui leur matérialiserait ce que la caméra allait filmer.

– Il y a beaucoup trop de poussière, constata Rutledge qui se mit à manipuler les contrôles et l'image s'éclaircit lorsque la caméra, grâce à des yeux différents, échangea une image produite par la réflexion de la lumière, pour une autre, composée à partir de faisceaux sondeurs.

L'écran montrait le grand vaisseau naufragé, gisant, monstrueux dans la plaine. Il montrait la falaise et les deux croiseurs vholiens posés au-delà. Ces croiseurs évoquaient les jouets miniatures que les enfants font tourner au bout d'un fil autour de leurs têtes.

Un moment après, Rutledge se tourna vers Dilullo et celui-ci ordonna : « Continuez à moins que quelqu'un ne désire que nous rentrions tous bredouilles! »

– Vous croyez que les Krii vont détruire ce vaisseau? demanda Chane.

– Vous ne le croyez pas? Si vous saviez que des êtres d'un niveau technologique bien inférieur au vôtre, mais d'une nature beaucoup plus guerrière, ont essayé d'en percer les secrets, le leur laisseriez-vous pour l'étudier? Les Krii ne pouvaient pas tout enlever : le système de propulsion, les générateurs, les mécanismes de défense; tout cela a dû être laissé à bord. Avec le temps, les Vholiens pourraient apprendre à les reproduire selon les normes de notre table atomique. En outre, pour quelle autre raison nous auraient-ils ordonné de prendre le large? Ils ne se souciaient guère de notre combat avec les Vholiens et se moquaient bien de savoir si nous réussirions à nous en sortir. Je pense simplement qu'ils ne voulaient pas que nous soyons tués ou même blessés du fait d'une de leurs actions...

L'image demeurait immobile sur l'écran, la vaste silhouette noire et brisée du vaisseau se détachant clairement sur le fond de sable.

Soudain, une petite étincelle frappa la coque. Avec une incroyable rapidité, celle-ci se transforma en une flamme éblouissante qui, de la poupe à la proue, recouvrit toute cette vaste masse de métal, dévorant tout, réduisant tout en cendres puis en atomes jusqu'à ce qu'il ne subsiste plus qu'une balafre de un mille de long sur le sable. Avec le temps, même cela disparaîtrait.

Protégés par la falaise, les croiseurs vholiens restèrent indemnes. Dilullo ordonna : « Arrêtez la caméra; je suis persuadé que ce film montrera que nous avons rempli notre tâche. »

– Nous? demanda Rutledge.

– Les Kharalis nous ont engagés pour découvrir ce qui se tramait dans la Nébuleuse et pour détruire ce qui pourrait éventuellement constituer une menace pour eux. Nous avons découvert cette « menace » et elle a été détruite. Point à la ligne... Il regardait les croiseurs vholiens. Ils vont se hâter de réparer leurs appareils, je ne vois aucune raison supplémentaire pour traîner par ici.

Il n'y eut pas un seul homme à bord qui n'en fût convaincu.

Ils franchirent à leur tour la couche nuageuse et s'éloignèrent de l'ombre qui les avait écrasés pendant de si nombreux jours, pendant toute la période où le vaisseau géant avait fait écran entre eux et le soleil.

Fut-ce accidentellement ou délibérément, Dilullo choisit une trajectoire qui les mena non à proximité immédiate mais cependant suffisamment près du vaiseau des Krii pour pouvoir l'observer... Suffisamment près pour voir une vaste masse sombre abandonnant son orbite planétaire pour commencer le long voyage de retour à travers l'océan vide et noir qui bat les rives des univers-îles.

– Ils n'ont peut-être pas de réactions viscérales, reconnut doucement Dilullo, mais par Dieu ! ça ne manque pas de grandeur.

Même Chane dut en convenir.

Les Mercenaires avaient quelques idées bien ancrées quant à la nécessité de fêter l'événement et Dilullo jugea préférable de les laisser faire. Comme il l'avait prévu, ils étaient tous épuisés et ceux qui n'étaient pas de quart furent trop heureux de se glisser entre deux draps pour profiter de la première nuit de repos normal s'offrant à eux depuis des semaines...

Absolument pas fatigué, Chane demeura dans le carré des officiers pour prendre un dernier verre avec Dilullo. Celui-ci lui dit : « Lorsque nous retournerons à Kharal, vous resterez à bord et tâcherez de vous faire oublier. »

Chane sourit. « Vous n'aurez pas grand-peine à me convaincre de vous obéir. Dites-moi, croyez-vous qu'ils vous remettront les autres pierres de lumière ? »

Dilullo hocha affirmativement la tête. « Ils paieront. D'une part, aussi pénibles soient-ils dans certains domaines, ils ont le respect de la parole donnée; d'autre part, les films montrant le vaisseau géant les impressionneront à tel point qu'en le voyant détruit, ils seront trop heureux de nous payer. »

– Vous n'avez pas l'intention de leur avouer que nous ne sommes pour rien dans cette destruction? demanda Chane.

– Écoutez, reprit Dilullo, je suis un type relativement honnête et correct, mais je ne suis quand même pas un idiot... Ils nous ont engagés pour faire un boulot et le boulot est fait. Nous avons déjà suffisamment souffert pour y parvenir et c'est assez comme ça! Il ajouta: « Que comptez-vous faire de votre part lorsque nous vendrons les pierres? »

Chane haussa les épaules. « Je n'ai pas encore eu le temps d'y songer. Je suis plus habitué à prendre les choses qu'à les acheter. »

– C'est une habitude dont vous devrez rapidement vous défaire si vous tenez à rester Mercenaire. Mais y tenez-vous vraiment?

Chane fut quelques instants avant de répondre. « Oui, en ce moment du moins. Comme vous me l'avez déjà dit, je n'ai pas d'autre endroit où aller... Je ne vous juge pas aussi bons que des Varnans, mais vous êtes quand même des compagnons valables. »

Dilullo ajouta sèchement : « Je ne crois pas que vous vous révéliez le meilleur Mercenaire de la Création, mais vous avez cependant quelques possibilités... »

– Après Kharal, où allons-nous? poursuivit Chane. Sur la Terre?

Dilullo acquiesça.

– Vous savez, reprit Chane, je crois que je serai content de m'y rendre.

Dilullo hocha la tête et remarqua d'un air morose : « Je ne suis pas enchanté de vous y emmener. Lorsque je pense que les gens que vous croiserez ingoreront que vous êtes un tigre déguisé en Terrien, je me demande à quoi je m'expose. Mais je suis sûr que nous arriverons bien à ronger vos griffes. »

Chane sourit : « Ça reste à voir... »

ACHEVÉ D'IMPRIMER
LE 5 OCTOBRE 1987
SUR LES PRESSES DE
L'IMPRIMERIE HÉRISSEY
À ÉVREUX (EURE)

N° d'imprimeur : 43675
Dépôt légal : Novembre 1987